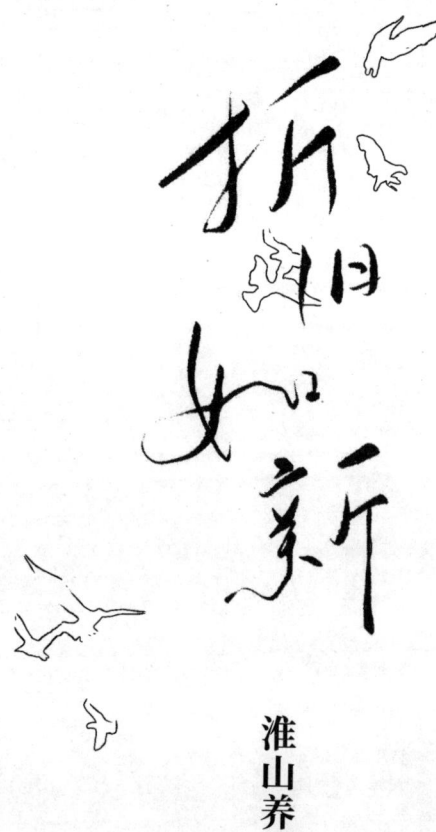

折旧如新

淮山养胃 著

江苏凤凰文艺出版社

CONTENTS

ZHE JIU RU XIN

第一章
陈子仪与陈子意　　　　　001

第二章
香草味的冰淇淋　　　　　015

第三章
是放线菌的气味　　　　　023

第四章
陈子仪遇见爱情　　　　　035

第五章
我们分手吧　　　　　　　047

第六章
没开窍的木头　　　　　　055

第七章
相信会有结果　　　　　　065

第八章
和我一起玩吧　　　　　　075

第九章
千万不要学理工　　　　　085

第十章
等待日出的我们　　　　　093

第十一章
他好像成了光　　　　　　105

35 ℃ 2023 13:14 50%

她不是件商品，
很人喜欢也不需要满怀感激。

如果愿意不如，
请就做独属于自己的
"非卖品"。

第十二章
趋光的夜行昆虫　　　121

第十三章
成年人的恋爱　　　133

第十四章
只有一次的春天　　　145

第十五章
我们嫉妒着对方　　　157

第十六章
我们做个交易吧　　　169

第十七章
你有致命的魅力　　　179

第十八章
我是唯一的观众　　　191

第十九章
被诅咒的约会　　　205

第二十章
主人公的世界线　　　217

第二十一章
仅属于我的新物　　　227

番外
丢斧子的少年　　　241

后记　　　249

第一章
陈子仪与陈子意

CHENZIYI
YU
CHENZIYI

折旧如新

我叫陈子意。

如果这句话换成我亲爱的姐姐来说,她一定会下意识这么说:我是陈子仪。

这就是我们之间的差别。

我一直不太看得惯她,而我的青春期震荡大多与她有关。我父母第一胎超常发挥,生出了陈子仪这个惊天动地的大美人,他们开心得昏了头,以为自己第二次也有同样的运气。直到我出生,他们才想起"一鼓作气,再而衰,三而竭"的古训。

其实我自认为自己并没有多差,完全是父母基因整合后的正常水平,但和陈子仪一比,我变得黯淡无光,甚至没法看。

从小到大,陈子仪因为美貌得到了很多优待,她自己却不承认这一点,因为世界上没有真正的感同身受,她感受不

第一章 陈子仪与陈子意

到我生活的困难,更体会不了我人生的难度系数。

美貌当然也会带来困扰,但和它的好处相比完全不值一提,更何况我承担了其中很大一部分比重。

她的很多爱慕者都从我这里寻找突破口,希望得到"情报"或者让我成为他们忠实的"僚机"。我一开始因为有免费的零食和游戏币乐意效劳,可渐渐地也不堪其扰。

试想一下,青春期的你每天走在放学路上被陌生人拦截,这些人中还有班里女生窃窃私语讨论的对象,你这还没来得及脸红呢,那边开口就是一句:

"你是陈子仪的妹妹吗?"

一开始经历这种事,我会强忍内心的挫败感,当一个无情的问答机器,后来我闭口不言转身就走,再然后逐渐麻木就变成了:"你看我们长得像吗?你找错人了。"

这种情况下,碰到缺心眼的,他还会回一句:"怪不得,我就说长得不像。"

这种差别对待和有色眼镜不仅来自周围人,也来自我父母。他们给陈子仪的美貌投资,给她报礼仪课、舞蹈班;对我的要求却很简单,只希望我吃好睡好,心宽体胖。

陈子仪比我大两岁,我从小到大的生活用品几乎全是她用过的。她有很多好东西,所以不觉得它们好。可对我而言,

折旧如新

什么好东西一旦变成二手的，那便也不是好东西了。

小时候，为了拿到独属于我的东西也反抗过，却只得到了父母一句"你能不能懂事点儿"的回应。有一次，我们一家四口去逛超市，那时七八岁的我刚和陈子仪打过一架，因为父母的偏袒在和他们冷战。他们三个亲密无比地凑在一起好像真正的一家人。爸妈商量着要给陈子仪买草莓，我心里发酸，故意别过头不看。当我再次回头时，早已不见他们的身影。

那一瞬间，拐卖儿童的案例在我脑中涌现，内心被恐惧填满，我拔腿就往家里跑，好像身后有恶人追赶一样，一路上耳边都是呼呼的风声，景观都被拉成了长长的光影。

留守在家的奶奶一打开门，看见的就是我气喘吁吁仍要号啕大哭的倒霉模样。

事情最终以我被慌张跑回家的父母大揍一顿而告终。

我心里觉得委屈，如若他们留心我的动向，不对我视若无睹，我怎么会和他们走散？可看见哭哭啼啼的母亲和焦急慌忙的父亲冲进家门的样子时，我一下就释然了。

爱确实是有多寡之分的，它不像蛋糕，没办法严格地等分。或许我确实比陈子仪得到的要少，但我得到的却不一定少。

第一章　陈子仪与陈子意

悟出这个道理后,我虽然还是看不惯陈子仪,但也不会像"刺头"一样作天作地了。

陈子仪一路风生水起,大学毕业进了地方电视台当主持人;我毕业以后进了本地报社,成了个民生版面的记者。我非常满意这个结果。毕竟外貌平平的我能混上个文艺工作者的身份实属不易,也没什么别的期待了。

但差别待遇尚未结束,陈子仪像一座大山压在我头顶,即使阳光普照,她也要给我投下一片阴影。

陈子仪毕业工作后,从家里搬了出去。我那时特别羡慕她的独居生活,因为没有父母的约束和管教,所以被报社录取后,我的第一个反应就是去查租房信息。

但独居这种渺小的愿望也被他们二老扼杀在摇篮里。

当我和他们说我的想法时,他们的第一个反应是:"你是不是脑子不清醒,放着家里的房子不住,巴巴地要给别人白送钱?"

我自然是不服气的,大着胆子呛声:"凭什么陈子仪能自己出去住,我想出去住就是脑子不清醒呢?"

"你和你姐的情况能一样吗?电视台离咱们家那么远,她来回跑多不方便。"

"可报社离咱们家也不近啊!"

这个理由行不通，他们又说了个别的理由："你姐赚多少，你赚多少，禁得住你出去这样瞎花吗？"

"多有多的花法，少有少的花法，再说了，再过几年，我不一定比她赚得少。你们就是偏心！"

我虽然不再对此耿耿于怀了，但对父母的不满其实一直存在。他们心里也清楚在我身上投入的和在陈子仪身上投入的不一样，听我挑破他们的偏心，虽然心虚，但音量更高、气势更足。

"说不行就是不行！你要想自己出去住，先工作两年再说！"

我当时心里气得不行，甚至想过一走了之。可看看银行卡的余额后，我终究还是识时务地留在了家里。

没办法，人穷志短。

这样过了很久，直到现在我还是住在家里，唯一变化的只有我和陈子仪房间的双层木板床——变成了单人铁艺床。

每天晚上吃完饭，我爸妈都会准时守在电视机前，等着看本地电视台晚间新闻后的天气预报。倒不是天气预报有多好看，也不是他们二老对明天的天气有多么关心，只是天气预报里的主持人是他们为之自豪的宝贝女儿。

相比之下，我们报社出的都市报孤零零躺在茶几上无人

第一章　陈子仪与陈子意

问津，我有充分的理由怀疑他们订阅这份报纸不过是捎带手儿，为了证明作为父母，他们并没有厚此薄彼。

天气预报结束，照例是围绕着陈子仪的一通闲聊。

"丫头，你和你姐这几天联系过吗？她可有些日子没回家了，是不是工作特别忙啊？"

"我哪知道啊，人家日理万机的，我和她又不熟，上哪联系去。"我知道自己说话酸溜溜的，可还是控制不住。

"怎么又不好好说话了？你们是亲姐妹，你们不熟还有人说得上熟吗？"

"您还是她亲妈呢，您自己打电话问问不就知道了。"

"我不是怕影响她工作嘛。"

多新鲜啊，只要我七点前不到家，十几个电话就打过来了，那时候怎么没见您担心影响我工作呢？

我心里这么腹诽着，面上还是答应她："行，我回头问问她。"

我和陈子仪是非常典型的姐妹关系：能不联系就尽量不联系，只要知道对方活着就好；见了面也不会亲切热络；希望对方过得不错，但又不希望对方过得比自己好。不过胜负从未变过，我也早已经认命，放弃了竞争心理，只求各过各的，躲个清静。

正因如此，有时去小区楼下遛弯时碰见不知情的大爷大妈，我还可以装成是独生子女。

给她打电话需要长时间的心理建设，我手指刚放在她的号码上，手机就跳出了陈子仪的来电提醒。只有这种时候，我才真的确信我们是亲姐妹。

"明天晚上，你有时间吗？"她上来就问。

"怎么，有事？"

"一起吃顿饭吧，我有个事儿想和你说。"

"行。我刚还想给你打电话来着，今天咱妈和我说你好久都没回家了，你看你方便找个时间回趟家吗？这样我也有个交代，顺便还能帮我分担一点儿火力。"

"这话妈怎么不自己和我说？"

"这不是知道您老忙，怕冲撞了您嘛。"

陈子仪一贯高冷，懒得和我多费口舌，只说了句："知道了，我看着办，回头时间、地点我发给你。"她说完挂了电话。

第二天，我顺着她发给我的地址如约而至。

我第一次来她预定的地方，她之前发给我时，我特意查过这家店的人均消费。我知道具体数额后，瞬间明白了陈子仪能独立搬出去住而我不能的原因。说实话，我挺好奇她到

第一章　陈子仪与陈子意

底要和我说什么，居然会选择这个地方。

水晶枝形灯照出昏黄光影，店里人影浮动，流光绰绰，私密、亲昵、促狭的私语都藏匿于背景乐声下。陈子仪朝我挥手，我向她的方向走去，竟看见席豫也在旁边。

说起席豫，他应该算是陈子仪的青梅竹马。他们两个是同岁的小区朋友，从小学到高中都在同一个学校。在我爸妈心里，陈子仪和席豫简直是板上钉钉的一桩姻缘。不止我爸妈，席豫的父母恐怕也这么觉得，毕竟两个人站在一起郎才女貌，不知情的人一看就会认定他们是一对儿。

我小时候有一段时期不懂事，总喜欢黏着陈子仪，追在她后面没骨气地求她带我一起玩。但陈子仪不喜欢我这个小尾巴，只会把我晾在一边和同龄朋友玩得热火朝天。

席豫是她周围伙伴里唯一一个会和我一起玩的。

可能是父母都是教师的原因，他比同龄人更稳重，家教严谨又性格温和，还有点书卷气，长得也清秀俊朗。于年幼的我来说，亲切又长得好看的席豫简直是天使在人间般的存在。

这样的席豫随着年龄的增长，形象并没有在大家心中幻灭，反而愈加出众。大学毕业后他继续深造，进了研究所当研究员，研究材料化学，在传统的父辈们看来，席豫前途

折旧如新

无量。

他在我们小区生活了多久，就以"别人家孩子"的身份被其他家长提起了多久。和这个身份一同存续的，还有他和陈子仪之间的友谊。

我爸妈一直深信不疑，陈子仪和席豫总有一天会结婚，之所以两个人还没在一起，是因为年纪小没有定性。等到都成熟了，他们会知道最好的人就在身边，天定的缘分近在眼前。

作为旁观者，没人比我更清楚，他们之间的问题，不在于时间，而在于陈子仪。

席豫送给陈子仪的巧克力、捧花和其他藏着暧昧难言情愫的小礼物，都和其他男生送的零食、游戏币一样，被转送到了我手里。

在这一点上，席豫和别人没有什么不同，他的礼物同样可以被随意转赠。每次陈子仪收到后都会随手扔到我怀里，轻飘飘地说上一句："席豫给的。"

非要深究的话，席豫算是我的"初恋"，没上小学前，我的梦想一直是嫁给席豫来着，但这种梦想和喜欢也随着长大不了了之了。

说喜欢其实也有些夸张，我对席豫，更多的其实是对邻

第一章　陈子仪与陈子意

家大哥哥的崇拜和依赖，类似于小女孩的恋父情结。

小孩子的世界里总要找些英雄来崇拜，况且席豫真的很好。

我说过，陈子仪拥有的太多，已经失去了辨别事物珍贵与否的能力。而拿着陈子仪旧衣服、旧玩具长大的我，学会了对任何贴有陈子仪标签的东西敬而远之。更不用说在感情这方面，我早就因为陈子仪跌过一跤了。

只有傻子才会暗恋，明知暗恋对象有喜欢的人还要接着暗恋更是傻子中的傻子。

席豫那么聪明，在这件事上犯一回傻情有可原。但我不行，脑子从小都不灵光的我做的傻事够多了，没必要再加上一件。绝不沾染和陈子仪有关的男人是我的人生信条。因为这个信条，我对席豫的童年情意逐渐变得和我与其他人的友情一样，疏远又流于表面。

今天这种场合，席豫出现在这，难道是……他守得云开见月明了？

我疑窦丛生，但不敢表现出来，迟疑着坐下。陈子仪把菜单递给我，大拇指点点旁边的席豫，说道："别客气，随便点，今天他请客。"

席豫看向我笑着点头，肯定了陈子仪的话。他依旧是温润自持的样子。看着这样的他,我心绪复杂,对自己颇有些恨铁不成钢。

点完菜后,我们简单寒暄了会儿。突然,陈子仪清清嗓子,拿起金属叉轻轻敲了一下瓷盘,示意自己有话要说。

"我有一件事要宣布。"

她用白色餐巾擦了擦嘴角,脸上洋溢着幸福又得意的笑,声音也大了些。

"我恋爱了。"

听到这句话的一瞬间,我的第一反应不是祝福陈子仪,而是下意识去看席豫的反应。不过他神色自如,好像陈子仪谈恋爱和他完全无关一样。

"对方是谁?"我问她。

"负责我们电视台外包业务的影视公司老板,姓李,改天介绍你们认识。"

我一直知道陈子仪做事随心所欲,极少考虑别人的感受,但我从未想过她能做到如此地步。我爸妈当初生下她时,怎么就没看清她是这么一个"毒"种。

我心中为席豫鸣不平,对陈子仪更是愤愤,她不知我心中所想,眼看着还想要分享自己的恋爱事迹,丝毫不顾及席豫的感受。但一个家里不能生出两个恶人,我怕她还要继

第一章　陈子仪与陈子意

续,抢先接过话头,说:"恭喜啊。正好,我也有一件事要宣布。"

"你先等会儿,让我先说完。"

陈子仪想接着说,可被我直接打断。

"我也谈恋爱了。"

如同电影画面的慢定格一样,席豫手中的金属叉掉落并撞击地面。餐厅里的食客纷纷侧目。陈子仪一脸惊诧,难以置信地问我:

"陈子意,你是说真的?!"

第二章
香草味的冰淇淋

XIANGCAOWEI
DE
BINGQILIN

折旧如新

不怪陈子仪这么一惊一乍，毕竟在这之前，我和谈恋爱这件事根本沾不到边。

陈子仪珠玉在前，环绕在我身边的异性不是当下对她爱慕已久，就是在未来的某个时刻倾心于她。除了我现在的男朋友曾奕行，在此之前，我从来没有接收到身边任何一个异性的告白和喜欢。

有时候，我很想指着陈子仪身后的追求者们破口大骂："陈子仪是什么玛丽苏女主吗，为什么人人都喜欢她？明明除了她，世上还有那么多漂亮姑娘，你们是眼瞎看不到吗？"

嫉妒使我生出憎恶，以致心态出现了严重的失衡。每当这个时候，我都会埋怨父母为什么不只生一个孩子，如果知道有陈子仪做姐姐，我的人生路会这么艰难，那我干脆就不要出生好了。

或者干脆没有陈子仪，我们家有的，只是一个普通但心

第二章　香草味的冰淇淋

态阳光、积极向上的陈子意。

但抛下这些自怜自艾，我其实生活得还算不错。毕业以后的我已经能够和陈子仪分割开变成一个独立的人，还找到了自己喜欢的工作，谈起了人生中第一场恋爱。

之前一直没有和家里人说，是因为我和曾奕行从确定关系到现在，也只过了短短三个月的时间。但现在情况危急，我挺身而出实属不得已。

陈子仪显然还没有从刚刚的震惊中缓过神来，她呆滞了几秒，看看席豫又看看我，再次和我确认了一遍刚才那句话的真实性，得到肯定的答复以后，她居然开始质问我："陈子意，你怎么能这样！"

真稀奇，谈恋爱难道是什么十恶不赦的事情吗，或者是她陈子仪一个人的特权吗？怎么她可以，我就不行。

"我不就是谈了个恋爱，你怎么这么大反应？"

"可是你明明……"话说到一半，她又突然不说了，转头看席豫的眼色，然后接着说，"可是你明明之前没有一点儿征兆。"

"我们又不住在一起，难道我万事都要向你报备吗？我的好姐姐。"

陈子仪欲言又止，似乎心情复杂，有千言万语想要和我说,但最终都以沉默结尾。

一旁的席豫为了缓和气氛,把海鲜冷盘里的蟹默默拆解好,放到碟子里推到桌子中央,淡淡地开口道:"不是说要宰我一顿吗?怎么都愣着?"

我说这件事之前,没想过陈子仪会是这个态度,心里自然不开心。但此时本应比我更难过的人在缓解气氛,我也没必要僵持不放。

一顿饭吃得味同嚼蜡,中途陈子仪去洗手间时,席豫突然问我:

"子意,你和你男朋友怎么认识的?"

因为陈子仪的关系,席豫一直像我的半个哥哥。我和他聊恋爱方面的话题,不知怎的,有些奇怪,但也不好意思不答,只能含糊其词。

"他是摄影组的,我们经常一起搭档跑新闻。"

听了回答,他沉默了一会儿,又问:"他对你好吗?"

好不好这种评价标准太过笼统,但回想曾奕行在我们交往期间的表现,我勉强能给他打个八十分,于是说:"还好吧。"

谈话到这里就中断了,席豫也不可能问更多,我们两个人陷入了一种短暂又微妙的沉默气氛里。

第二章　香草味的冰淇淋

"恭喜呀。"他忽然说，语气诚心诚意，"不管怎么样，希望你过得开心。"

他说这句话时，表情真挚，我突然更加确信，席豫仍是几年前那个温文尔雅，能包容一切的人。

"你打算把男朋友介绍给家里人吗？"

"先不了吧，我们才交往没多久，现在说这些太早了。"

席豫对于这个回答并不感到意外，他接着问："不让你姐姐帮你把把关吗？"

我下意识停顿了，语气也没有了之前的确切肯定："我不知道。"

他并没放弃追问，像是一定要追究缘由般道："为什么？"

我原本可以像对待别人一样搪塞过去，又或者沿用之前的理由，但对面是席豫，不知怎的，我总觉得不能对席豫说谎。

"如果他看见了陈子仪，没准就不会喜欢我了。你不是也知道吗，我学生时代的事。"

这次换席豫停顿了。他的嘴巴像呼吸的蚌一张一合，像是不知道怎么安慰才能让我开心一点儿。我不想让他这么无措，笑着摆摆手："你别这样，虽然这么说显得很肤浅，但是他先追的我，我知道自己还是挺不错的。刚才我说的话，你别放在心上。"

碰巧这时陈子仪回来了,她的目光在我和席豫之间逡巡了一圈,说:"账我已经结了,咱们走吧。"

我有点讶然,抬头问她:"怎么突然变成你请了?"

"今天这样的日子,总不好再为难他。"

她话里似乎意有所指,一副讳莫如深的样子,让我不禁怀疑她是不是早已知道席豫的感情,只是一直以来都在装傻充愣罢了。

席豫是开车过来的,饭后他依次送我们两个回家,陈子仪下车后,车里只剩下我们两个。因着之前对话的关系,我们之间多少有些尴尬。

行至半路,他突然停下车,叮嘱我等在车里,关了车门,不知往什么地方奔去。十几分钟后他才回来,只见手里攥着一盒四支装的冰淇淋。

看见他拿的东西,我忍俊不禁,问他:"你买冰淇淋做什么?"

"心情不好,开车又不能喝酒,我想吃冰淇淋没准会好一点儿。"

席豫的话让我不禁联想到他今天的遭遇,我便没有了异议,指着冰淇淋问他:"是香草味的吗?"

第二章　香草味的冰淇淋

得到了肯定的答复后，我心满意足。他在驾驶座，我在后座，我们举起冰淇淋相碰，好像手里是斟满香槟的酒杯。

我小心翼翼啃着冰淇淋上面的巧克力脆皮和坚果粒，感受着凉丝丝的甜意，同时小心不让残渣落在车里。

"你怎么吃得那么小心翼翼，一点儿都不像你。"

"这不是怕把你的车弄脏了嘛。"

他摇摇头，表示自己并不在意："脏了再清理就行了。"

他这种态度让我觉得稀奇，不由得把他和曾奕行进行比较："我男朋友从来不让我在他车上吃东西。怕我把他的爱车弄脏，你们男生不是都很在意这些吗？"

他不赞同我的说法，还反驳我："你才认识几个男生。"

我被他戳到痛点，低头啃甜筒脆皮啃得更起劲了，吃东西也不再顾忌。

"我认识很多好吗？不过会给我买冰淇淋的只有你一个。"想到这，我发自内心地对着他感叹，"你要是能做我姐夫就好了。"

一句话，彻底把谈话逼到了死胡同，我看着他变得尴尬伤神的表情，暗骂自己哪壶不开提哪壶，急忙转换话题："不过当初，你怎么想到要给我买冰淇淋的？"

"不是我想要给你买，是你自己一边哭得稀里哗啦，一边

折旧如新

结巴着要我给你买冰淇淋的。"

"是吗?"

具体的细节我已经记不清,而席豫显然印象深刻,描述起来流畅又清晰。

"你那时候哭哭啼啼地说想吃冰淇淋,我答应买给你,带你去了学校的小超市,你随手就拿了根最贵的。那时候那款冰淇淋在学校超市刚开始卖,大家都不太清楚价格,当时我身上只有五块钱,去结账的时候咱俩都吓坏了,最后还是换成了草莓味的冰淇淋。你边吃边哭着问为什么没有香草味的,周围人都以为我把你怎么着了。这些你都想不起来了?"

听席豫的描述,这确实像我能做出来的事情,但记忆太过久远,事情也太过微小,我已经记不太清了,只是听他这么一说,隐隐约约有些印象。

"该不会你连当初为什么哭都忘了吧?"

怎么会忘呢?

时至今日,那件事还一直是我一旦想起就会尴尬得想要钻进地底的存在。

第三章

是放线菌的气味

SHI
FANGXIANJUN
DE
QIWEI

折旧如新

如果说席豫是我情感启蒙时懵懂的好感对象，那齐冀扬就是我真正意义上的情窦初开。

我就读的中学分为初中部和高中部，陈子仪大我两岁，我初三时，她在高中部已经是个风云人物了。因为她，我获得了不少优待，所有喜欢她的男生都希望从我这里打开突破口，得到陈子仪的青睐。

齐冀扬是我的初中同学，他对待我，只把我当作陈子意，而不是谁的妹妹。这让他在我心里和其他人区分开，变得高尚起来。

我们俩相识也是自然而然的，他是班里的宣传委员，办黑板报的时候需要找人写艺术字。我的字曾经被语文老师特意表扬过，字帖也被贴在后黑板上展示过几回。所以要办黑板报评比时，他第一个找到的人就是我。

我那时正在人生的第一个抉择期，刚刚升上初三，犹豫

第三章 是放线菌的气味

着是要直升本校的高中部,还是努力中考去别的学校。

直升本校相对会轻松,但意味着高中我依旧要在陈子仪的阴影下度过。而努力中考选择去更好的学校,我的成绩又有些不上不下。

两者之中,我自然倾向于后者,所以初三打算努力一把。齐冀扬找我帮忙时,我内心是有些为难的。在我看来,办黑板报不仅浪费学习时间,还无人在意,实在是件吃力不讨好的苦差。

可我天性里隐约是有些讨好型人格在的,不擅长的事情里包含拒绝别人这一项,因此还是答应了。可能我潜意识里想着,既然和陈子仪相比,我其他方面都处在下风,至少我可以选择做一个亲切又讨喜的人,起码性格要好,不是吗?

天地良心,一开始我答应帮忙的原因里没有一丝一毫齐冀扬的成分,对他抱有的,也只是再纯洁不过的同学情。

从各方面来看,齐冀扬只是个普通得不能再普通的初中男生,但他在女生里的人气和讨论度却一直居高不下。

之所以如此,原因在于他性格开朗,和同学相处较好,对班级事务也很热心,成绩在班里也是中上。对于初中生来说,想要被喜欢,这些条件已经足够充分了。

不知道是不是只有我自己一个人这样,因为没有恋爱经验和与异性正常相处的经历，很容易陷入自作多情和"他是不是喜欢我"的怪圈里。我和齐冀扬相处，总是他先来走近我，主动向我释放善意，我一开始需要很努力才能让自己不会错意。

我们办黑板报要一起挑选分栏和图案样式，每当这时他凑过来，我能闻见皂类和汗水混杂在一起的荷尔蒙气息。我表面镇定地和他讨论，心里却暗暗记下了这种味道，把它变成记忆的一部分。

第一次闻到时，我跑去超市，把货架上所有能找到的肥皂挨个都闻了一遍，碰见气味类似的就挑拣出来，最后再仔细比对，终于确定了他用的哪款。

费了这么大力气找到的肥皂，我买了以后却从来不用，只是放着闻味道，好像是什么名贵香氛一样。

很是自作多情吧。

没有办法，我情感太过匮乏，所以喜欢上一个人也变得轻而易举。但齐冀扬对这件事也并非没有责任。

他对我和对别人相比有着显而易见的亲切，我们中午一起吃饭，放学一起回家。我家离学校不远，所以上下学都是步行，他为了配合我总是推着自行车和我一起慢悠悠地走，哪怕这么做要花上多一倍的时间。到了周六日，他还会来我

第三章　是放线菌的气味

家和我一起写作业，教我功课，有时有空闲时间，我们还会在客厅里玩"红白机"。

我理所当然地认为齐冀扬是喜欢我的，要不然，该如何解释这份亲密和特殊呢？

齐冀扬经常来我家，我爸妈和陈子仪都认识了他，我妈还偷偷敲打过我，说虽然不干涉我的交友自由，但早恋一定会打断我的腿。我当时哪里听得进去这些，脑子里想的只有齐冀扬到底什么时候和我表白。

这种暧昧关系持续了几个月，突然有一天，午间吃饭的时候，齐冀扬说放学后有话对我说。

他表情神秘，看我的眼神不同以往，那一刻，我心里想：终于，这一天还是来了。

一下午我都心神不宁，脑子里想的都是些在现在看来很可笑的问题。

我是答应他，还是拒绝他呢？

如果我答应了他，耽误了学习怎么办？我妈一定会打断我的腿。

可如果我拒绝他，可能以后都没有这样的机会了。

以后我们要一起直升我们学校的高中部吗，或者我们可以一起聊聊以后？

……………

这样那样的问题错综复杂，在我脑子里循环滚动，就像无数根交缠的黑色断线。

但我心里知道，在这些黑色的未知之中，喜悦是鲜红又真实的，我的苦恼是因对齐冀扬的喜欢而存在的。

人的记忆力是不听使唤的东西，不会分辨事情是否有益，只是一股脑地记住自己想记的部分。我记不清席豫给我买冰淇淋的过程，却记住了那天许多零碎又不值一提的细节。

那天下过一场雨，校门口的林荫道两侧落满了不知名的缀着草穗的棕黄色枯枝。齐冀扬扶着车把的手骨节分明，用力时能看见筋骨的脉络，我穿着白色帆布鞋，小心避开水坑，踩在发亮的柏油路上。

"你说有话要对我讲，是什么？"我装作不经意地问起他。

"陈子意，我们现在……算是朋友吧，你能不能……帮我个忙？"

"你说……我看看我能不能帮得上。"

"这周日，你能不能帮我把你姐姐约出来？"

我一个不慎踩到了小水坑，溅起来的泥水落在帆布鞋上，形成一片棕黄色的污迹，在白色的底色上极其碍眼。我从下午一直持续到现在的心悸症状莫名开始好转，身体却开始变

第三章 是放线菌的气味

得发冷。

秋风怎么这么冷。

"你要约她做什么?"

一向大大咧咧且总是坦荡直言的齐冀扬开始吞吞吐吐,笑得很不好意思:"我想和她告白,你会帮我的吧?"

"她在准备艺考,不会答应你的,她拒绝过很多人。"

"那些人都不了解她,我不一样。"他说起这个情绪激动了些,"我经常去你家,她早就知道我了,我也知道她是怎样一个人,我是认真的。"

我叫他的名字,毫无波澜地问他:"你是因为这个才和我做朋友的吗?"

齐冀扬否认得很快,说:"不是这样的,陈子意,我真的把你当朋友。你不想帮我也没关系,我也只是抱着试试的心态问问,不会勉强你的。"

空气里是特有的雨后青草和泥土香,鼻腔里充斥着这样的气息,我说起没头没脑的话题。

"齐冀扬,我在一本杂志上看过,上面说雨后空气常被描述成含有青草和泥土的气味,实际上那是放线菌发出的气味,和雨水、泥土还有青草没什么关系,就像晒过后的被子发出的味道也不是太阳的味道,而是螨虫尸体的味道一样。"

他觉得我的话莫名其妙，但不打断我，还是听我往下说。

"我知道以后，就不再喜欢下雨天了，因为我不喜欢我所知的真相，所以连下雨天也一起不喜欢了。"

我想我终于明白了如坠寒窟是什么感觉，失望和羞耻夹杂着，我快被挫败感和难过逼得高声尖叫。可大吼大叫和痛哭流涕都不适合当下的情境，我不能泄露一丝我对齐冀扬的感情，即便拥有的不多，我还是想守住一些东西。

于是我翻了翻书包做做样子，干巴巴地撒谎："对了，我的作业好像落在了教室，你先回去吧，我回学校找找。"

"那我拜托你的事……"

"我会帮你约出来的，但其他的我不能保证。"

"没关系！足够了，足够了。"他像个傻子一样不断重复，骑上自行车头也不回地离开，车子骑得飞快，连泥水溅到山地车上这样的事也不在乎了，路人从背影都能看出他的开心。

确定齐冀扬消失在视线里的那一刻，我终于能够放声大哭。

我不想回家，也无处可去，最后真的回到了学校里面。

进门时，我把刚才的谎又说了一遍，门卫大爷看我这副德行，有些难以理解："同学你哭什么？我又没说不放你进来，不就是忘带作业嘛，进去吧，下不为例，别哭了。"

第三章　是放线菌的气味

可我根本停不下来，我哭着走过主道，经过伟人雕像，穿过楼洞，漫无目的地走，只想找个没人的地方大哭一场。

初中部放学后还有零星的几个人，而高中部正在上自习，此刻清静得很。我走到高中部的区域，藏在教学楼后面的花坛里。

我越哭越觉得自己凄惨，觉得我应该是要怨恨陈子仪的，可陈子仪做错了什么，她什么都没有做过，除非被人喜欢也是一种罪恶，要是那样的话，她确实恶贯满盈。

我要怨恨齐冀扬吗？或许也不合适，他不过是喜欢上了陈子仪，喜欢上一个人算不得过错。

正在我自怨自艾的时候，席豫仿佛神兵天降，戴着值周生的红袖箍，把我从自我否定的泥潭拖出来。

齐冀扬的这件事对于我来说打击太大，以至于那一天我都过得浑浑噩噩。我不记得席豫和我说了什么，只记得他给我买了支冰淇淋，陪我在操场后面的器械室里待了很久，等我冷静下来后送我回了家。

虽然对于席豫来说，他天性温柔，不吝惜这样的温情，但我因为这件事把席豫当成了异父异母的哥哥，即便现在我们比起小时候有些生疏，但他在我心里依旧要比别人亲近，我衷心希望他的爱情能够开花结果。

"所以呢，"席豫问我，"你后来和你当初喜欢的男生怎么样了？"

"有一搭没一搭联系着，继续当朋友呗。要不然我怎么办，跑过去和他说我喜欢过你？本来就够丢人了。"想到后来，我心里舒坦了些，"不过他后来也告白失败了，我们一人一次也算公平。具体场面我没见到，据说陈子仪说了不少狠话，给他留下的创伤估计也不小。"

"没准你姐姐是为了你。"他又在为陈子仪说话。

"得了吧，她本来就不喜欢齐冀扬，之前的男朋友没有一个是他那样的类型。因为我骗她出去见齐冀扬，她还打了我一顿。"

"陈子意。"他连名带姓地叫我的名字，轻轻叹了口气，"我有时候会怀疑，你到底是真迟钝还是没良心。"

我差点忘了，眼前这个人是陈子仪忠实的拥趸，不应该在他面前说陈子仪一句不好，于是立马认错："我错了，我不会再说这样的话了。"

最起码在你面前不会了，我心里默默补充上后半句。

下车前，席豫和我说了最后一句话。

"世界上是存在这种人的，不论你和谁站在一起，都会无条件地喜欢和选择你，只是因为你是陈子意。如果你的男朋

第三章　是放线菌的气味

友不是这样的人，那他就不配和你在一起。"

我觉得席豫在说漂亮话，但什么话由他说出来，没来由地令人信服。我忽然想起了一点儿记忆，灰败的一天里，有关席豫的记忆。

昏暗的器械室里，灰尘在从窗外透进来的夕阳余晖下跳舞，我呜咽着问席豫："是不是我和陈子仪站在一起，大家都只会喜欢她，只能看得到她，没有人会喜欢我？"说完，我自己又否定了之前的说法，"不对，可能只有傻子会喜欢我。"

席豫当时是这么回答的：

"照你的说法，傻子还真不少呢。"

第四章
陈子仪遇见爱情

CHENZIYI
YUJIAN
AIQING

折旧如新

即便是前一天去了人均一千以上的餐厅吃过饭,第二天依旧要早起挤公交去报社上班,可能这就是生活吧。当我在工位坐定后,情不自禁这样想。

为避免误会,我提前声明,我其实很喜欢我的工作,但这不影响我每天上班都如丧考妣。

现在整个纸媒行业都是日薄西山,我们报社办的都市报也算是本市比较传统的老牌报纸了,订阅量却一年不如一年,没有订阅量,薪水自然不会太好看。报社的老前辈们几乎都提前步入了老年生活,新加入的小年轻每天还在为五斗米折腰,盘算着什么时候才能攒下一套房的首付。

我一开始当记者,满腔都是揭露社会不公、匡扶正义、肃清不良风气这种热血情怀,后来进了民生版,却发现报道的新闻和我之前的抱负没有半点儿关系,有的时候我自己都会问自己:你这写的都是什么乱七八糟的东西?

第四章　陈子仪遇见爱情

拿我今天要跑的选题举个例子：初春到了，人民广场的樱花大道开满了花，每天不少市民去游览赏花，组长让我去采风，拍几张照片配些文字，篇幅控制在半个版面以内。

"还是摄影组的曾奕行和你一块去，稿子越快越好，你也知道，我们纸媒，尤其是报纸，时间就是生命。"

"行，保证完成任务！但是吧……"我狗腿子一样凑上去，谄媚地问，"人民广场离这好一段路呢，能给我们派个车吗，刘姐？"

"车都派出去了，没有多余的，这个我真帮不了你。"说罢，她还拍拍我的肩，"资源紧张，体谅一下，有问题就要去克服嘛。"

我含泪笑了。

曾奕行知道了这件事，不以为然，成功说出了让人恼火的话："一群老头老太太看花，有什么好拍的，大不了不拍了。"

看我瞪他，他又很识时务地改口："这样想当然是不对的！新闻无大小，如实尽责地报道才是一名合格的新闻者应该做的！这一趟，我们非去不可！"

这就是曾奕行的神奇之处，他总是能戳到你生气的点，然后眼色极快地一秒改正。

其实我也理解，为什么他对这份工作没有责任感和使命感。他家境好，进报社也是家里看不惯他玩世不恭的生活态度硬给他安排的，好在他自己也喜欢摄影，干得也算老实。

所以他进报社纯属玩票，没指望着靠它养家糊口，更没有什么职业追求。在曾奕行眼里，我们报社每月发的微薄薪水，顶多就是他养的那条边牧一个月的伙食费。他还美其名曰："抛开我不谈，光看狗，其实我们家已经实现财务自由。"

如果不是曾奕行主动，我和他可能直到退休，人生都不会有什么重合的部分。

"要不这样吧，"他又有了新的想法，"开我的车去，我的车型大，摄影器材之类的也能装下，咱们也能一起兜风，就当约会了。"

"可这是工作。"

"总归我们都要去人民广场，我这是私器公用，多么大公无私啊。"

被他说得我也有点动心，虽说初春气候适宜，但带着摄影器材来回奔波也实在有点儿折腾了，于是答应下来，和他一起去了停车场。

曾奕行的车是敞篷SUV，我对车不太了解，但光看车标和设计也知道这是辆豪车。

第四章　陈子仪遇见爱情

我和曾奕行没交往前，曾经看过这辆车迎来送往过许多明艳照人的大美女，曾奕行这人有时不太靠谱，但审美是没问题的，挑女朋友的标准就是一定要美得有攻击性，最好美得能让和她一同在场的其他女生全都自惭形秽才好。

他为什么会主动追我，是我现在都想不明白的一点。

曾奕行把器材搬上车，看我不动，依旧站着，有些纳闷："怎么不上车，不是还要抓紧回来赶稿子吗？"

"没什么，就是我在这辆车上看过了太多美女，不知道自己有没有资格坐。"

他表情立刻变得有些僵硬，问："这么突然，我这还没点烟呢，你已经开始说起从前了？"

我打开车门坐上副驾驶座，系好安全带，说："你别害怕，过去了就过去了，我不会翻旧账的。"

"真不计较？"

"不计较。"

他从另一侧上了车，系好安全带后却迟迟不发车，只是看我，我用眼神表示疑惑时，他笑着摇了摇头，发动了车子。

"陈子意，你刚才那番话，有正宫娘娘那味儿了。"

去人民广场的路上，我想起席豫和我说的话，犹豫了一会儿，还是试探性地开了口。

"曾奕行，我有件事想问问你的意见。"

"说吧，我听着呢。"

"我想把你介绍给我姐认识，你看你什么时候有空，咱们仨见一面。"

曾奕行沉默一会儿，没有反应，我又喊了他几声，他问："你怎么想到要把我介绍给你姐的？"

"让我姐帮我把把关，看看你是不是个好人，要不我被你骗惨了可怎么办。开玩笑的，主要是我们谈恋爱也快四个月了，我就想把你介绍给我家里人认识一下，我爸我妈不太合适，我姐的话还说得过去，没什么特别的意思，你不用多想。"

曾奕行还是不说话，我摸不准他的想法，讪讪改口："你要是不愿意的话……"

"我愿意！"话还没说完就被曾奕行给打断了，他回了神，好像现在才明白事情的发展走向，整个人喜气洋洋，"咱姐喜欢什么，你和我说说，我好准备准备。"

他这样的反应实在出乎我预料，我问他："看你刚才的反应，我以为你不愿意，嫌我逼你太紧。"

"你逼我太紧？！"他好像听到什么笑话，"我和朋友聚会你从来不担心，有好几次我想把你介绍给我朋友，这种宣示

第四章　陈子仪遇见爱情

主权的机会你也推脱。再说说你，除了报社这些人，你的圈子里我一个人都不认识。在报社我们还要装成普通同事搞地下恋情。"

他沧桑地叹了口气，说："如果不是清楚你是什么样的人，我都以为自己当了第三者，在搞什么不伦之恋。"

他一桩桩一件件说得我心里发虚，我仔细回忆，觉得自己并没有他说的那么十恶不赦，于是搬出了万能借口："第一次谈恋爱，没有经验，你包容一下。"

说到这，心虚的人变成了曾奕行，他马上老实了，说："互相包容，共同进步。话说回来，见面的时间定在什么时候？"

"这要看我姐，我回头问问她，之后再告诉你。"

其实席豫说的是对的，如果曾奕行能被陈子仪动摇，那么他总有一天也会被其他人动摇。而我和陈子仪，无论怎么不合，这辈子也注定分割不开，在她是否为我考虑这一点上，我从来没有怀疑过。

毕竟在她心里，欺负我是她一个人的特权。

我们上一次的见面不算愉快，再三思量下，我还是决定主动去找她聊聊。

奇怪的是，即便我和陈子仪不怎么联系，她的每一次休

041

折旧如新

假时间和动向我都知道得一清二楚。挑了个她一定在家的休息时间，我买了点东西没有打招呼就杀了过去。

陈子仪租的房子是离她电视台不远的一个商务 loft（阁楼），小区安保查得很严，但陈子仪在这个小区里好歹算是个小有名气的人，作为她的妹妹，保安也已经对我眼熟了，看见我过来，笑着说了声"又来看你姐啦"，然后就放我进去了。

整座小区和陈子仪的房子一样，都显得现代前卫，我第一次去的时候到处摸摸看看，还被陈子仪嘲笑，说我一副没见过世面的样子。

如果你现在还和爸妈住在一起，用印着红双喜的搪瓷盆接洗菜水来浇花，你也不会洋气到哪里去的。

这句话说出来只会显得我更土，所以我还是憋在了心里。

虽然我之前已经知道了她正在谈恋爱，但知道和亲眼看到还是有很大差别的。尤其是亲眼看到一个中年男子从她家走出来，那一瞬间我说不清自己是什么心情。

我们在楼道狭路相逢，他显然比我还要慌张，没有打招呼，就匆匆离开了。十几秒的时间，足够我对他进行打量。

年纪在三十到四十之间，相貌平平，气质也平庸，打扮谈吐都是扔进人群里找不出来的水准。虽然我不待见陈子仪，

第四章 陈子仪遇见爱情

但是个人都看得出来两个人极其不般配。

陈子仪看见我也很惊讶。我把东西放下来，坐在沙发上，语气掩饰不住地严肃。

"刚才走出去的那个就是你新交的男朋友？"

她点点头，算作承认。她这么坦白，倒让我觉得自己有点大惊小怪了。

"他看起来没有四十也有三十了吧，你没问问他孩子多大了？"

"他没结过婚，也没孩子。"

那可就稀奇了，我嗤笑一声："你就没想过，他为什么这么大还没结过婚？"

"因为他眼光高呗。"

"陈子仪，他那样的都知道要眼光高点，找个好的，你怎么不清楚呢？"

我说得太过直接，也太过露骨，她显然不想再听下去了，和我呛声："陈子意，你来我家要是来看我的，那么欢迎你。如果你要对我的男朋友指指点点，那你还是快点回家吧，我的事还用不着你来操心。"

如果我能听陈子仪的话，那我也就不是陈子意了，我点点头说："当然，我肯定干涉不了你的交友自由，我只是好奇,我见过那么多追求你的人,哪一个都比这个看上去条件要好。刚才在楼道里,他看见我的时候连招呼都没打,直接心虚地走了。到了他这样的年龄阅历,谈个女朋友为什么还鬼鬼祟祟的,撞见女朋友的妹妹跟被捉奸在床一样,你觉得正常吗?"

"他只不过是比较木讷,不爱说话,别把你跑新闻的那一套用在我身上,搞什么阴谋论。"

眼瞅着我们俩又要吵起来,我努力平息心情,先退一步。

"我先道歉,我反应确实有点大,你们俩刚谈恋爱,我的确不应该管那么多。只是陈子仪,我总觉得你有更好的选择。"

"但只有我自己才知道怎么选择才更好,不是吗?"陈子仪开始反问我。

我曾经见过陈子仪身边优秀的追求者如过江之鲫,其中外貌、家世、才学都是佼佼者的,不在少数。她之前也谈过几段恋爱,可不知怎么的,对比之前的态度,她显然对这段关系更为上心。

想到这,我根本没法不为席豫打抱不平。

"上回我们都没说清楚,你和你男朋友是怎么认识的,我是真的好奇,你图他什么?"

第四章　陈子仪遇见爱情

因为我的道歉，她态度显然缓和了一些，开始给我讲起她眼中那命中注定的爱情故事。

据陈子仪说，她和那个男人是在一次电视台的外务中认识的。除了晚间新闻后的天气预报，陈子仪在电视台逐渐有了一些外景的播报，那天是她期待已久的一次出镜机会。

踩着五厘米的高跟鞋，穿着紧绷的黑色套装录制了一天，陈子仪的心情并不算好，电视台的领导还和影视公司的高层约好了饭局，她自然也要出席。

她买的鞋子虽然是一个奢侈品牌旗下的当季新品，但却并不合她的脚型，走走停停一天，脚后跟已经被磨出了水疱，就算这样，吃饭的时候陈子仪还要一直赔笑。

注意到她的不适的只有一个人，他不知道从哪儿找来了一双土气的平底皮鞋，样式很老，但底子很软。

偷偷示意陈子仪出去后，他默不作声地递给了她，没有一句邀功示好，重新回到了酒席之中。

就在那一刻，陈子仪确信，自己遇见了爱情。

"就这？！"

面无表情地听她讲完这些，我的心里只有这一个想法。

第五章
我们分手吧

WOMEN
FENSHOU
BA

折旧如新

　　在我眼里，陈子仪是一个对万事万物都疏离且冷漠的人，或许是父母的教育方法和我的"软弱可欺"让她养成了有些自我的性格，在我的记忆里，她从未向我展示过姐妹之间的温情和友爱。

　　值得庆幸的是，虽然她为人冷血，但为人公道，对待家人和外人，陈子仪都一视同仁。

　　在我眼里，陈子仪的每一任男朋友没有一个是得到善终的。

　　他们送鲜花和贵重礼物，陈子仪觉得俗套；他们每天接送，小意温柔，陈子仪觉得麻烦；他们表达爱意，吐露真情，陈子仪觉得虚伪肉麻。

　　我曾经以为陈子仪会比我更有可能孤苦一生，要不然除非老天开眼，她才会找到一个合心意的男朋友。

　　没想到啊，她高不成，却能放下身段来低就。

第五章　我们分手吧

"说实话吧,你是不是觉得对不起我,想让我心里好受点,才找了现在这个男朋友。咱俩的关系还不至于让你为我做到这份上吧。"

她白了我一眼,高贵冷艳,说的话却不合她的形象:"你懂什么。"

站在她的立场上,恋爱经验少得可怜的我确实算得上什么都不懂。所幸我好歹明白,人在热恋的时候,什么劝告都是听不进的。

堵不如疏,陈子仪又不傻,总有一天能想清楚吧。

我强迫自己忘了关于那个男人的事情,开始和她谈起与曾奕行见面的事。

"我的好姐姐,你能不能空出来点时间和我男朋友见一面?权当帮我把把关。"

陈子仪听见我的要求也觉得稀奇,上下打量了我一眼,说:"我以为你不愿意和我有牵扯。"

我打哈哈搪塞地说:"哪能啊?你可是我亲姐。"

她思索了一会儿,矜贵地点点头,说:"可以,不过见面之前,你先跟我讲讲你男朋友大致是个什么样的人。"

我把和曾奕行相识以来发生过的事,选择性地和她说了一些,大致透露了他的家庭情况和为人处世的表现。

陈子仪听完以后简洁明了地下了判语。

"草包一个。"

听上去像是对我贬低她男朋友的报复，我就没见过这么睚眦必报的人。

"你说话要不要带着那么重的感情色彩？怎么就草包一个了？"

"仗着家里有点小钱，随心所欲挥霍人生的富二代，这种人我见得多了。他之所以追你，不过也是吃惯了鲍鱼海参，突然想尝尝白粥小青菜是什么味道。不用见面就已经知道你们俩根本不合适。"

我想我或许是太缺爱了，明明知道陈子仪不会对我说什么好话，但偏偏每次还是固执地想在她这里获得些肯定和赞美，为此尝试一遍又一遍，却受挫一遍又一遍，到现在也没能学会长记性。

"所以呢，你到底见不见？"

"见，当然要见，不见怎么知道你们俩到底有多不合适。"

"回头我把时间地点发给你，你直接过去就行了。"

话不投机半句多，我越想越觉得我这一趟来得多余，拿起东西直接离开了陈子仪的家。

时间很快来到了我们约定好的那一天，全报社的人那天

第五章 我们分手吧

都看出来了曾奕行整个人透着不对劲。他打扮得花枝招展，走到哪儿都哼着小曲，突然某一刻就笑出声来。

当有人问他是不是有什么喜事的时候，他总会往我的方向投来意味深长的目光，虽然无人怀疑我和他的关系，但他这样做还是把我弄得有些尴尬。

那天是他第一次见到陈子仪，见面时，曾奕行明显愣了一下，趁着陈子仪不注意，他偷偷凑近我的耳边，和我说："你之前怎么没说过，咱姐是个大美人儿。"

我眯起眼，警惕地盯着他，说："怎么，你心动了？"

"没有没有，"他连忙摆手，急于证实自己的清白，"我只是惊讶，你们不太像亲姐妹。"

"我知道，我和我姐姐比起来太平凡了。"

他一连踩了雷，又急忙否定："不是，我的意思是，你们不是一个类型。在我心里，你是最好的，最漂亮的，最……"

曾奕行的词汇量告急，抓耳挠腮地想要找出几个好的形容词来让我开心。

看他这样，我不好再逗他，笑着拉曾奕行跟上了陈子仪的脚步。

虽然曾奕行自证对陈子仪并无邪念，但饭桌上，他还是对她表现得极为殷勤，让我不禁怀疑他话里的真实性。

一顿饭下来,陈子仪的高傲人设不倒,从不接他的话茬,他想要缓和气氛也始终不得其法。

可能在曾奕行心里,和我姐姐的这顿饭一定是一顿正式又极其华丽、富有戏剧性的饭局,毕竟他喜欢把生活过成电视剧。曾奕行怎么也不会想到,会是现在这样的场面。

人生往往充斥着许多这样的和想象有巨大落差又尴尬的瞬间。

趁着他去结账的时候,我趁机打听陈子仪对他的想法。

"怎么样,实际见面了以后改变你之前的想法了吗?"

"没有。"她答得言简意赅,"陈子意,从小到大,你看男人的眼光都不怎么样。"

"是吗?那也比你强多了。"见过了她现在的男朋友,说起这个我心里很有底气,"我觉得他挺好的。"

"你是觉得他家庭条件好吧。"

我真没想过陈子仪对我有这么大的误解,怕她误会,我急忙声明:"你这就血口喷人了,我们在一起,约会开销都是一半一半,我也没要过他的贵重礼物,不是因为他的家庭条件我才答应和他在一起的。"

"照你这么说,你们和两个过家家的小朋友有什么区别。"她说话一针见血又不留情面,"你到底想过没有,你为什么要

第五章 我们分手吧

和他谈恋爱?"

"因为他对我好,喜欢我,这难道不够吗?"

"那你呢,你喜欢他吗?"

"我当然喜欢他了,要不然为什么会和他在一起。"

她还想说些什么,被曾奕行的归来打断了。

送她上出租车前,陈子仪避开曾奕行给我留下了一句话。

"被喜欢不是需要感激的事,还有……"她瞟了一眼曾奕行的方向,连不满都懒得掩饰了,说,"是他配不上你。"

这就是陈子仪的女王气质。

送走陈子仪后,曾奕行情绪不高,和我说:"你姐不喜欢我。"

我昧着良心撒谎:"不是,她对谁都是这样。"

"那她上车前和你说了什么?"

"你为什么这么在意她对你的看法?该不会……"我见无法扯皮,反客为主,蹩脚地转移话题,"你真的看上我姐了?她和你之前的女朋友倒是同一个类型。"

他不接我的话,只是沉默下来,和他白天里的状态判若两人。

我当时以为他只是因为陈子仪对他的态度而情绪低沉,没有多想,只安慰了一下他,便各自回了家。

但半个月后,我们坐在咖啡厅桌子的两头,曾奕行苦闷地揉了揉头发,用有些烦躁的语气和我说:

"陈子意,我们分手吧。"

第六章
没开窍的木头

MEI KAIQIAO
DE
MUTOU

被告知分手消息时，我和曾奕行的恋爱刚好满四个月，我自认为我们之间没有争吵，也没有不可调和的矛盾，实在想不通为什么他会突然说分手。

除非……又和陈子仪有关。

早春的四月末，我的周身忽然又飘满了那年秋天缀着草穗的棕黄色枯枝，凉风吹过，带着过往的记忆卷土重来。

我心里没有悲伤，却充满了一种不知名的恐慌，只能默默地祈祷：千万，千万不要再是因为陈子仪了。

我听见自己沉着声音问他："能告诉我是因为什么吗？"

他看上去也很烦恼，但远远不及我，在他犹豫着如何措辞的时候，我等待在那里，像是在等待一场审判，看看这一次是否会昨日重现，再一次把我的自尊狠狠摔向地面。

"有很多因素……其中最主要的，可能是我的父母不太同意我们两个交往。"

第六章 没开窍的木头

嗯？我花了一些时间去思考他这句话的含义，等到真正明白的时候，我竟然觉得如释重负。

还好，还好不是因为陈子仪。

我动荡不安的心因为这个事实重新变得平静，好像分手这件事根本没有分手的原因不是陈子仪来得重要。

惴惴不安的那一刻，我才明白，陈子仪对我人生的影响，远比我自己想象的要深远。而齐冀扬那件事给我带来的伤害，也比我想象的更经久不消。

但起码现在还好，起码这一次还好。

想到这儿，我反而有些谢谢曾奕行，点点头，说了声"好"，算是对他那句"分手吧"的答复。

仿佛是被我的反应激怒，曾奕行难以置信地看着我问："我要和你分手，你就是这个反应？"

从我的立场来看，曾奕行的反应反而更让人费解："那你希望我应该是什么反应，大哭大叫吗？还是拿起咖啡泼你一身？我不觉得这有什么帮助。"

"我的意思是，你为什么这么平静，好像根本就不在乎！"

"曾奕行，是你要跟我分手的，现在你质问我这些不觉得奇怪吗？"

他的胸口剧烈起伏，我的平静成了他的助燃剂。曾奕行似乎越想越觉得整件事情都不可思议，决意要跟我把分手的场面闹得难看。

"这才是我要跟你分手的真正原因，陈子意，从头至尾，你根本没有把咱们俩的关系当回事儿过！之前，你一直不冷不热，我都当你是没有进入状态。现在我说要跟你分手，你还是不痛不痒，一副置身事外的态度。如果你根本不想谈恋爱，不打算为了这段感情努力，你当初为什么要答应我？"

"你的意思是，你觉得委屈了，因为我们俩的付出太悬殊，是吗？"

"现在看难道不是吗？"

"可为什么说分手的是你呢？"我接着问，"又是为什么一开始问你分手的理由时，你说的不是我不在乎你，而是你的父母不满意我呢？"

我能接受曾奕行分手的请求，但这并不意味着我要接受他对我的指控，分手如果不能分得体面，至少也要分得明白。

"我知道在我们恋爱的时候我或许不是个称职的女朋友，但我自认为一直在努力。你大可不必先提出分手，还要说都是我的错。这样太过分了，曾奕行。"

"至于你说的分手理由，如果是假的，那我会当它是真的。可如果是真的，现在来看，叔叔阿姨也不用这么大费周

第六章 没开窍的木头

章,因为我们最后根本走不到一起。"

我说话的时候,曾奕行没有反驳,他静静地坐在对面听,不是一贯的游戏人间的态度,也没有了最开始的气愤不解。

在我说完后,他脱力地躺在卡座里,有些自嘲地笑,说:"是我错了。"

他不知是真心还是嘲讽,看着我,好像在看一个世界难解之谜:"你知道我错在哪吗,陈子意?我错就错在,从头至尾,我就不应该招惹你。一开始认识你的时候,我心里就想,这姑娘挺特别,大大方方的,性格也好。交往了以后你也不黏人,更不会患得患失,和我之前交往的女孩都不一样。我那时心里还奇怪呢,可现在我想明白了,你是因为根本就没开关于恋爱的心窍。不在乎才能做到游刃有余,真正喜欢是不会像你这样的。"

"我本来一直在犹豫,我想着,如果你能挽留我,断了零花钱又怎么样,和家里闹掰了又怎么样,我都要和你在一块。但你现在这个反应,既是意料之外,也是意料之中。"他抬起头来看我,说,"我好像从来都没和你谈过恋爱,过去的四个月根本都算不上谈恋爱。真邪门了,我怎么栽在你手里了。陈子意,你这算不算是乱拳打死老师傅?"

没准曾奕行说的没错,我的确断情绝爱,比别人少了个心窍。

即便听他说这些,我心中也没有波动,更不相信他话里说的喜欢和决心。

我觉得他压根没那么喜欢我,起码没到因为喜欢我而改变自己生活的地步,他只是喜欢为了爱一往无前、和父母抗争的自己。

我不想成为他的借口。

咖啡厅那次之后,我没再见过曾奕行。

报社里的人有时会突然问起:"欸,摄影组那个老和小陈搭伙跑新闻的曾奕行呢,怎么好久没看到他人了?"

这时总会有人调侃着回答:"人家下基层活动结束,回去继承家业了。"

然后一片哄笑,大家继续说着零零碎碎的话题。我的工位在办公室中间,但听他们说起这些话题时,总觉得热闹离我很远。

从办公楼窗口总能看到一棵紫玉兰,大多数花都凋谢了,只有枝头还星星点点地挂着半朵,枝丫因水分充足愈发挺立,还带着韧性,绿意密密麻麻缠满整个树身。

看着这样的景色,我全身上下每一根骨头,都仿佛拥有了自主意识般互相顶撞,把我的五脏六腑都撞得错了位。

第六章　没开窍的木头

也许是因为春天真的来了吧。

由冬到春，我的恋爱和四季万物的荣枯正好相反，唯一的共同点是，它们来去都悄无声息。

陈子仪主动给我打了电话，一接通，她上来就问："你和你男朋友怎么回事啊？我怎么在万达广场看见他和别的女孩挽着手走在一块儿？"

听到她这么说，我愣了一下，然后说："哦，是吗？忘了和你说了，我们分手了。"

"真的？！"她一下子听到也有点惊讶，"虽然我早有心理准备，但你们进度也太快了。"

我希望她不会说些以"我早就说过"开头的没有新意的话，但陈子仪应该不会放过这个嘲笑我的机会。

"我早就说过，你们俩不合适。"

"……"

"你当初不是很骄傲地说觉得他很好这类的胡话吗？看看现在，你们应该才分手没多久吧，他已经有新的女朋友了。你们谁先提的分手？"

"他。"

对面的陈子仪声调立马不淡定了，说道："他也配？！理由是什么？"

"他跟我说的是，父母不同意。"

话筒里传来了一声嗤笑，陈子仪显然有话要说，展开了她的无差别攻击："你们才哪到哪，父母就不同意了，真把自己当豪门了，也太把自己当回事了。父母不同意？我都多久没听过这样的分手理由了。也是，一个经济不能独立的成年人说出这样的话也不足为奇。我今天看见他，打扮得朋克似的……"

她絮絮叨叨说了一堆，大多都是有损口德的话，我嗯嗯啊啊地附和，实际上心思早就飞远了。

等我回过神来才捕捉到她话里的有效信息。

"你跟爸妈说一声，五一假期我正好有空，打算回家住，到时候可能要委屈你和我挤一张床了。"

"那倒不委屈，我五一假期要去旅行，你可以享受大床房的待遇。"

"你要去玩？"

"嗯，我五一有三天假，调休凑成了五天，刚好够出去玩。"

陈子仪"哦"了一声，说了句"好好玩"就没了下文。在我打算说几句就挂了电话的时候，她好像突然想起来什么，急切又兴奋地说："你刚才说你要出去旅行，你打算去哪？"

第六章 没开窍的木头

她突如其来的关心让我受宠若惊,我告诉她我打算去隔壁省的一个海滨城市看海,她又问我出行方式和具体日程之类的事,不光是简单地问,她打听得事无巨细,甚至精确到了车次和座位。

即便觉得奇怪,我还是和盘托出。得到明确的回答后,连再见都没说,陈子仪就挂了电话。

我本来想说她没有家教,但仔细一想,骂她就是骂自己,于是懒得和她计较。

我报的是一个半自助的旅行团,大家自费坐公共交通前往目的地,最后在酒店集合,行程安排固定,但可以自选,旅社还保留了一部分时间供大家自由活动。

这种旅行方式简直是"计划无能但爱玩者"的福音,正巧我打算去旅行散散心,一看到宣传就立马报名了。

为了避开节假日前两天的人流高峰,我特意选的五一当天早上出发,行至预订好的车厢,安置好行李坐下,隔着三排,我恍惚间看见一个熟悉的背影正站起来收拾东西。等到他转过身,看清那人的脸后,我不由得吃了一惊。

"席豫,你怎么在这儿?"

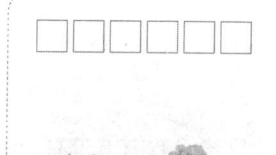

第七章

相信会有结果

XIANGXIN
HUIYOU
JIEGUO

折旧如新

在这种场合碰见席豫是我万万没有想到的,稍作交谈之后,知道他要去邻省的清州旅行我更是惊讶无比。

此时他不再穿着万年基础款衬衫、西裤,取而代之的是白色浆洗的牛仔衬衫和棕色的工装休闲裤,没有了往日庄严又不可侵犯的学术气息,让他整个人看上去松弛不少。

巧是挺巧的,但我们座位隔了两排,简单寒暄一番,打过招呼后就各自回到了自己的位置上。

我看了看手机,离发车时间还有不到五分钟,正准备把手机架好看个电影消磨时间,忽然听见了匆匆的脚步声。

我抬头一看,发现是席豫去而复返。

他步伐有些急,呼吸带着细微的喘,像是自己也知道这样突然的请求有些无理一样,他带着犹豫的声调问我邻座的姑娘。

"您好,打扰了,能拜托您和我换个座位吗?"他指指

第七章　相信会有结果

我,又指指自己的座位,"我们是一起的,我的座位就在那里,挨着过道。"

我一时错愕,没想到席豫会这么做,看看他,又看看邻座的姑娘。

邻座姑娘看上去年龄比我小几岁,打扮入时,整个人青春洋溢,坐在我旁边,已经是春天的景象之一。

她抬起头看说话的人时怔了一下,然后对着席豫细细打量,看了看我的反应后,说:"好啊,可以换,但是换之前,我们先加个微信吧。"

哟,有情况。

不用照镜子,我就知道此刻我的脸上泛起暧昧难言的微笑。稍微欠欠身,我用期待、慈爱的目光看向席豫,示意他把握春光。

席豫不拒绝,也不同意,只是把手虚虚放到了我的肩上,虽然我感觉不到他的触碰,但在别人看来,我和他应该是很亲密的关系。

"我们是一起的。"他微笑着又重复了一遍,但和第一次不同,这次话里还带着别的含义。

姑娘当然听懂了他话里的暗示,洒脱又了然地点点头,起身和席豫换了位置。

经过我身边时,她貌似不经意对着我小声说了一句:"姐妹,好福气。"

我百口莫辩。

先不论这算不算得上是好福气,问题是,这福气压根就不属于我。

我看着堪堪在列车发动前在我旁边落座的席豫,既恨他是个木头,又有点为他惋惜。

明明陈子仪那边恋爱谈得风生水起,他这边倒给自己立了个贞节牌坊,还拿我出来做挡箭牌。

列车启动,席豫坐下后摆弄着手里的笔记本电脑查阅邮件,像是很忙的样子,邮件的内容都是英文,从我的角度看,它们模糊成了一排排黑色的神秘符号,让人看了就困意渐生。

回复完邮件,他又打开了一个未编辑完的文档,里面还是英文,不同的是里面多了很多花花绿绿的图片,类似高中化学课本里的彩页插图,从排版和格式来看,应该是未发表的期刊论文。

"你很忙吗?"我问他。

他好像误会了我的意思,正在打字的手停下,合上笔记本电脑说:"还好,也没有很忙。"

看他这样,我连忙摆手,解释说:"我没有别的意思,只

第七章　相信会有结果

是看你出来旅行还要兼顾工作，觉得你挺辛苦的。"

"只是有些事需要收尾，我真的不忙。"他说完这句话后，便陷入了沉默。

我感受到了空气中弥漫的尴尬，忍不住探究席豫将座位换到我旁边的用意。

不得已，我又主动开口，问他："你这次去清州，想好去哪里玩了吗？"

"没有。"他摇摇头，"我只是挑了最近的城市想看海，什么打算都没有。"

"自己一个人？"

"嗯，自己一个人。"

我客套地问他："你一个人可以吗？"

"可以。"他顿了顿，像是在思考什么，又说，"不过是一个人吃饭，一个人看海，一个人散步，做什么都是一个人而已，我都可以的。"

看他的表情只是在平静地陈述某件事情，但对于听见这句话的我而言，心里只有不忍，于是我又问他："怎么不叫上朋友一起？"

"我没有朋友。"他回答得倒是干脆。

我怎么也没有想到，几年过去，席豫的人设会有这么大的变化：从人见人爱的"别人家孩子"，变成了有社交障碍的科学怪咖。

"你要和我一起吗？我报了旅行团，人多热闹。"

"不太方便吧。"他皱了皱眉，"毕竟我没有交报名费。"

"那我和你一起呢？"我不知怎么的，脱口而出，"没有旅行团，我和你一起。"

心随意动不过是一瞬间的事情，不知道是冲动还是本能，我就是这么做了。

我想，以我这样的性格，一定会在某个人生节口为我的莽撞、心软和不谨慎付出代价，但席豫不是坏人，一起旅行也不算是件坏事。

他挑眉看我，眼里有细碎的光点闪烁，抿嘴笑的时候带出点羞涩。

"好的。"他回答我。

"谢谢。"席豫又说。

我赶在行程前一天的十二点前退掉了报名费，收拾了铺盖卷，入住了和席豫一样的酒店。

他不声不响地走在我旁边，主动帮我拿过行李，也不多话。酒店的厚地毯吸掉了我们走路的杂音，在馥郁的橙花香氛里，我闻到了一丝不和谐，却又熟悉的味道：是柠檬味的

第七章　相信会有结果

皂类香气。

气味的主人，是席豫。

我之所以能这么快地辨认出来，原因无他，这个牌子的洗衣皂我曾经买来放在书桌上整整一年，从来不用，只是拿来闻味道。这是齐冀扬初中用过的洗衣皂。

这个时候，我挺恨我爸妈给了我一个好鼻子的。

鬼使神差地，我说："你平时衣服都是自己手洗吗？"

他"嗯"了一声，我又说："手洗很累的，还伤衣服。"

我说完之后，自己也觉得自己的话没头没脑，还透着傻气，但席豫没什么特别的表情，只是说："我喜欢洗衣皂的味道。"然后他看我，目光像是在寻求赞同。

不知不觉间，我们已经到了预定好的房间，我把房卡贴在门上，感应器发出"嘀"的声响，我拉开门，说："我觉得洗衣粉的味道更好闻，有莲花香。"

我说完这句话，席豫眼里的光好像黯淡了一下，走廊的暖光映得他眸子黑沉沉的。

"是吗，我才知道。"

席豫的情绪突然低落得莫名，我不知缘由，但猜想怎么也不会是因为我用踩低他的洗衣皂来拉高洗衣粉而伤心。

像是无心一般，我开玩笑地闻了闻自己的衣袖，那上面还带着洗衣粉的香气，然后我伸手把袖口递过去："不信你闻闻？"

他真的听话地凑上来，贴得很近，一瞬间我甚至都没有来得及下意识躲避，他的鼻尖触碰到我手背一小块儿皮肤，那片皮肤因为陌生的温度开始发热，又带着像是过敏般的痒。

这股细痒沿着皮肤的肌理渗进血液里，回流到心脏，像是什么流行性病毒，连带着心脏也开始酥麻。

席豫嗅了嗅，带起一阵细小的气流，比触碰的触感更轻，然后他抬起头，看着呆愣的我笑笑说：

"好像是比我的要好闻一点儿。"

我们到得还算早，收拾完行李后天色还亮，席豫说要去周围转转，到了约定的时间，我准备踏出房门，又折返回来。

靠近门口的墙壁有一个全身镜，我凑近了打量镜中的自己，看到了T恤牛仔裤、盘成髻的头发和素面朝天的脸。

口袋里有一支奶茶棕调的口红，想了想，我拿出来，浅浅地涂了一层，镜中人气色因此好了一点儿。

但很快地，像是做贼心虚，我又掏出纸巾，擦去了颜色，边擦心里边想：陈子意，你脑子里都在想些什么？

清州是个以旅游业为主的城市，建筑大多带着些东欧的风情，随处可见尖顶的洋房，它们是历史的遗留物，作为实

第七章 相信会有结果

体的记忆成了这座城市的符号，居民楼和街巷围绕它们蔓延整个城市，缓和了厚重感，带来了烟火气。

我们没有走多远，只是绕着酒店闲逛，附近大多都是居民区，行至一处，席豫忽然叫住了我，带我走进了一家狭窄又昏暗的店面。

我一开始不解其意，直到看见铺满整面墙壁的数字，上面是往期中奖号码出现次数的统计表，才明白自己置身何地。

"老板，买注彩。"席豫走到柜台说。

"体彩还是福彩？"

"福彩。"

老板给他递过来纸笔，说："去那边选号吧，写完了给我。"

他竟真的拿了过来，坐到桌子前开始写。

我坐到席豫旁边，问他："你是特意坐高铁过来支持当地的博彩业的吗？"

席豫埋头选号，边写边回我："双色球我每期都买，没道理落下这次。"

这和我认知里席豫的行事风格大相径庭，大概是职业病作祟，我采访他："你也做过一夜暴富这样的梦吗？"

"那倒没有，我只是单纯觉得，长期买福彩算是个普通人能坚持下去的小小善举,所以就一直在买。"

我用"哦"字发出高低起伏的声调,手指戳着他的彩票纸,忍笑问:"既然是善举,你这里又为什么要算出现频率最高的号码有哪些呢?"

店里自然光微弱,店主也没有开照明灯,可借着门口透进来的光线,我也能清楚看到席豫的耳尖染上了一层薄红,但他面上不显,用很板正又音调很平的声音解释:

"因为我是个凡人,也会做一夜暴富的梦。"

不知是为了转移我的注意力还是为了掩饰尴尬,他又说:"你要不要也买一注?"

我摇摇头:"我是个知道自己没有富贵命的凡人,就不凑这份热闹了。"

"如果不去想结果呢?"

"嗯?"

"有些事情,即使知道没有结果也会做,再说也不一定没有结果,人总要相信点什么。"

"相信博彩业?"

他摇摇头,说:"相信会有结果。"

说完,他又埋头继续选号。

"我试过,也正在做这样的事,觉得还不错。"

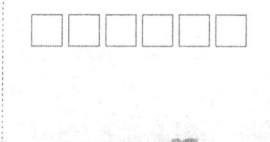

第八章

和我一起玩吧

HE WO
YIQI WAN
BA

折旧如新

　　那天最后我还是听了席豫的话，买了一期最新的双色球。席豫还把他自己买的那张给了我，说是送我个礼物。

　　小小的一张彩票纸，我装作诚惶诚恐的样子接过，和自己的那张一起放进了钱包夹层。

　　"您可太客气了，您今天给我的可不仅仅是张彩票，过不了多久，它没准会变成一张大额支票，要是那样的话，我现在就应该琢磨着怎么花了。"

　　"是您太客气了。"他表情严肃地回我，让人分不清他是在认真说话，还是在开玩笑，"以我的经验来说，这张彩票的价值基本不会超过十块钱。"

　　"你中过几次？"

　　"三次。两次五块，一次十块。中的钱我都买了刮刮乐。"

　　"结果呢？"我问他。

　　"然后我就一块钱都没有了。"

第八章　和我一起玩吧

席豫说这种话的时候是面无表情的,但话的内容配上他没有表情的面孔却显得很有意思,有种黑色幽默的感觉在里面。

我笑着揣起钱包走出小店,像是揣着好彩头,也像是揣着个希望。

街道吹起的风里有海洋的湿咸、人声的吵闹和住户家飘出的油烟。走在其中,我获得了这段时间里很久不曾感受到的快乐,好像落入了云里,整个人都轻飘飘的。

过了好久也不见席豫跟上来,我回头找他,回头的一刹那,听见咔嚓一声。

席豫举着相机就站在离我不到两米的地方,我看见他时,他还在保持着按下快门的姿势。

看见我略微有些错愕的表情,他指指天空,云淡风轻地解释:"夕阳很美。"

说话间,席豫走到我旁边,对着远处又按下了几次快门,我凑过去看他的相机,看到屏幕里的天空是耀眼夺目的紫,远处有一架航行中的飞机,因为低空飞行,地面上的人能看到它身后带起两条笔直的白色拖尾,像是人造流星。

"你刚才拍到我了吗?"

"拍到一点儿。"他补充说,"其实也只有一张。"

"给我看看。"

席豫把相机递给我，我向前翻了几张，看见自己回头带笑看他的样子，背景的天幕绚烂得近乎妖娆。

"夕阳真的很美。"看着这张照片的我不禁赞叹，"把我也衬得挺好看的。"

"回头把照片发我吧，我想设成屏保。"

我边说着边要接着往前翻，席豫一把拿走了我手里的相机。

"前面都是以前随便拍的，没什么好看的。"紧接着，他提起明天的日程，"明天我们早起去海边看日出吧，我查了查，明天日出时间是四点四十分，我们三点起床开始准备，差不多就能赶上。"

听见他说的时间，我整个人都呆住了，直呼他的名字。

"席豫，你在北京上大学的时候，是不是也是起大早去天安门看升旗的人？"

"没有。"席豫摇摇头，"我大学几乎都没怎么出去过，更没有早起去看升旗的精力。"

"很无趣吧？"他问我，不知道是说他的过去，还是在说他这个人。

对比上大学时"无法无天"的陈子仪，席豫的说法确实

第八章　和我一起玩吧

让我意外。

席豫和陈子仪他们两个大学去了北京，两年后的我则去了本地的大学。

陈子仪上了大学就像猛兽出笼一样一去不回，撒手就没，日子过得活色生香。

身处全然新鲜又繁华的新环境，陈子仪的做法才是人之常情。席豫可能是境界高深到了一定地步，所以清心寡欲，无念无求。

那也不至于被称作"无趣"。

席豫身上有种古怪的矛盾。比如他在要求自己时，有一套并非绝对正直但绝对合理守序的准则，遵循他个性里"优等生"的严谨自恪；但在面对他身上自己觉得不甚满意的地方时，又带着"劣等生"的自暴自弃，好像在说"没有办法，我就是这样的"。

"和我一起玩吧。"我对席豫说。

席豫不解其意，我又说："你只是缺少了点不务正业的经验，我还挺擅长的，所以你和我一起玩吧。"

其实这是在说大话，但席豫当真了。

"所以你明天三点能起床吗？"

我沉默了。

"和我一起去玩吧,陈子意。"

"好吗?"他尾音上扬,语调里带着期许。

席豫自己一定不知道,他现在这个样子,可以称之为在撒娇。

我想自己是有些迟疑的,可就在我想要答应的时候,席豫的电话铃声响起,凑巧我视力很好,正好看见了屏显上"陈子仪"三个大字。

他接起电话的时候,我很有眼色地转头看向别处,指尖无意识摩挲着钱包,里面有两张彩票,它们之前仿佛拥有过呼吸心跳,但现在它们的生命体征逐渐减弱,重新变成了没有灵魂的死物。

就算来电的人是陈子仪,席豫说话的方式还是一样地干脆利落,简洁得要命。

"嗯,见到了。"

"挺好的。"

"还没有。"

"回头再聊吧。"

"……"

我无从判断陈子仪和席豫到底说了什么,听到的也只有这些零碎又指向不明的话。只是随着席豫的不断应答,我才

第八章　和我一起玩吧

逐渐意识到，今天看上去离我很近的席豫，实际上依旧在远处。

从小到大席豫周围一直笼罩着名叫完美的玻璃罩子，爱慕陈子仪让他变得有那么一些像个凡人。我和陈子仪的交际圈本不应该重叠，席豫既然是属于陈子仪那方的，他就不应该存在于我的世界。

但我有点贪心了。

席豫本来没有和我交代通话对象和内容的义务，但挂了电话后，他自己主动提起。

"你姐姐给我打的电话，她知道我来了清州，说你也在这儿，问我见没见到你。"

"她还说什么别的了吗？"

"没有，她让我好好照顾你。"

以我对陈子仪的了解，她不会说出这种话，但我没有表达出来，只是想到了一个别的问题。

"席豫，你为什么从来没问过我怎么一个人来清州？"

席豫并不好奇我来这儿的原因，只是说："你应该有你自己合理的理由。"

"你和陈子仪是那么好的朋友，她没和你说过吗？"我接着问他。

"我们也不是无话不谈的。"

天幕由紫色变为了黑夜前的暗蓝色，街灯亮起来，我的手心被夜风吹得有些发凉，T恤也空荡荡的，被风甩起来，海水的咸腥味更重了，街道泛起一层潮湿的半透明水汽。

"是陈子仪告诉你我要来这儿的吧。"

难得的，席豫的表情出现了一丝裂痕。

"她还告诉你我分手了。"

我边说边试着从席豫的脸上寻找问题的答案，席豫这时已经整理好，看不出什么波澜，但他没有反驳我的话，站在原地等待着我接下来的话。

"我早就怀疑过，世上怎么会有这么凑巧的事，你正好和我在同一车厢，去同一个目的地，在同一时间。我出发前陈子仪特意打听过我的动向，我那时候还纳闷她怎么突然关心起我来了，现在我才明白原因。"

席豫原本沉默不语，听见我叫他的名字，他深吸了一口气，胸膛鼓起又非常缓慢地放下。

"我之前就猜过，你是不是假装什么都不知道，现在看来，我确实猜对了。你应该很困扰吧，对不起，我以后……"

"谈不上困扰。"我打断他的话，"相反，来清州玩能看见你我很开心，只是我不知道你开不开心。"

第八章　和我一起玩吧

席豫眼睛微微瞪大，像是不明白我在说什么。

"不是陈子仪的所有要求你都必须答应的，席豫。就算我分手散心，也不用你特意过来照顾我。你最大的问题就是太好了，你应该多爱自己一点儿。"

如果之前席豫还只是有点不解，现在他简直称得上错愕了。

"没错，分手这件事确实对我有点影响，但陈子仪把你遣送过来也着实有点小题大做了，她太自我了，又喜欢自作主张，可你也不能什么都听她的，什么离谱的请求都一股脑答应下来。"

"你觉得，是陈子仪要我特意过来照顾你的？"他食指指着自己，有些难以置信地问我。

"不然呢？难不成是你自己要来的？"我理所当然地反问。

席豫更沉默了，他一脚踩在人行道和柏油路交界的台阶处，因为悬空身体微微晃动，让人想起稻田里的稻草人。

许久后，他才说："你说的没错，是她让我来的。"

我其实明白，陈子仪叫席豫过来的真正目的是什么，她想像处理之前那些席豫送给她的礼物一样，把席豫转赠给我。而席豫呢？他也依旧像往常一样，不出声响地忍耐，或者佯装不知地等待，又或者自我欺骗，把假象当成了真实。

但我们都是心脏跳动的鲜活的人,席豫愿意变得麻木,我却不能。

旁人自顾自戳穿暗恋者的心意,就像戮杀一个奄奄一息的沙漠旅客。我想保全席豫的心意,却也不知道怎么劝他放弃,想来想去,能说出口的真心话只有希望他更爱自己一点儿。

旁人是折射自己的一面镜子,我由席豫投影到自身,想起自己那只有"无语"二字才能形容的恋爱经历,不禁悲从中来,真的很想问上一问,爱情是个什么鬼东西?

"明天我们早起去看日出,我和你一起玩。但是在那之前……"我掏出手机向他展示我之前在网上搜到的一家口碑很好的烧烤店界面,说,"我们今天晚上去这儿吧。"

席豫看看手机,又看看我,说话不知怎的,硬邦邦的。

"行。"

得到肯定答复,我打开打车软件叫车,身处异乡,我脑中雷达失灵,辨不清自己所处的方位,只能打开电子地图,拿着手机四处转动,想要分清楚东西南北。一旁的席豫忽然说了一句对他而言算是恶言恶语的话。

"陈子意,没准你真的是脑子不太灵光。"

第九章 千万不要学理工

QIANWAN
BUYAO
XUE LIGONG

折旧如新

烟火缭绕的烧烤店,露天的大棚下摆放着一排可折叠的方形木桌,坐在蓝色塑料凳上的人们围绕在桌旁,满怀期待地等着老板的烧烤成果。

我和席豫是这些人中的两个。

海滨的烧烤店里,除了烧烤以外,还有海鲜之类的菜品,我们每样都点了些,除此之外,我还要了两扎啤酒。

啤酒刚被端上来,我就灌下了一大口。

"我小的时候,很讨厌出门应酬,回家却醉得人事不省的爸爸,因为这个事也很讨厌酒。但我长大以后才知道,酒是最好的成人饮料,只是当时年纪太小了,所以体会不到。"说着话,我又喝下了一口啤酒。

可能是出来玩的缘故,我的情绪有些亢奋,为了保险起见,我还是提醒了一下席豫我之后可能出现的失态行为。

"我这个人酒品不太好,喝了酒以后会说很多废话,希望

第九章 千万不要学理工

你忍耐一下。"明明是我的问题,可我却说得理直气壮,仿佛我才是那个占据优势的人。

我看见席豫握在手里,像装饰品一样不曾喝过的啤酒杯,还鼓动他:"你怎么不喝?"

"我想保证我们两个至少有一个人是清醒的。"他看着我手中已经空了一大半的啤酒杯温声道,"你喝慢一点儿。"

如果席豫这话说得早一点儿,我可能会听他的话,但现在因为喝得过快过急,半杯酒下肚,我感觉身体里另一个自我已经跑出来,占据了我的身体,想要跳起来大声嚷嚷。

我自己也知道,如果我现在喝了酒开始絮絮叨叨,很像那种人到中年,生活不顺,只能借酒消愁的一事无成的中年男人。

但此刻我真的需要找一个出口。

我连日里积攒的不平顺在此刻慢慢发酵,变成了辛辣的酒液,在我喝下真正的酒精之后,被我倾吐出来,挥散到了空气中。

"我不记得我有没有和你说过,我真的很羡慕陈子仪来着。"

"我觉得她总是很漂亮,她在电视上播报的样子很漂亮;自信洒脱又特立独行的样子也很漂亮;连她不管不顾,傻乎

折旧如新

乎去喜欢一个人的样子，也特别漂亮。我原本觉得自己也很漂亮。"

我放下酒杯给席豫描述："就像龟兔赛跑里的乌龟那样，努力生活的漂亮。所以有一段时间我经常欺骗自己过得还算不错。"

"但结果不是很好看。"我叹了一口气，"工作上，我在自己不喜欢的版面写着不喜欢的选题；感情上，我被甩了两次，两次！"

我伸出手指向席豫比画了一个二，希望他能够了解问题的严重性，这样他就能明白我的处境。

"一个教会了我不要随便自作多情，另一个直接告诉我说我不会爱人。"

"在我前男友的描述里，我简直是石头缝里蹦出来的齐天大圣，有一颗不开窍又坚如玄铁的石头心。笑话！他难道就比我更懂得怎么去喜欢人吗？这个狗男人，他做对什么了？"

我愤愤不平，又喝下了一口啤酒，席豫则是自始至终安静地坐在那里，倾听我的抱怨。

"我花了很长一段时间和自己的嫉妒心和解，和陈子仪和解，学会了不再愤愤不平，不再苛责自己。但我们是姐妹，总是不可避免地被放在一起比较。我原本以为，这次我能赢

第九章　千万不要学理工

她一次的，因为我找到了一个起码在世俗的眼光里，比她好上很多的男朋友。我原本以为这是我距离成功最近的一次，可最后我还是败北了。你知道最不可思议的是什么吗？那个我觉得和陈子仪不合适的男人，或许真的是个不错的人。"

此刻我的一扎啤酒已经见了底，意识虽然还是清醒的，但头脑感觉已经有些不受控制地眩晕，有一种轻飘飘的感觉。

"我之前相信过，只要我努力生活，也会变得很漂亮的，但是没有想到越努力，越可悲。"

"很漂亮。"席豫终于开了金口，"你很漂亮，陈子意。"

他安慰人也是直愣愣的。

"真的？那你说说，我到底哪里漂亮？"

他只思索了一小会儿，很快对答如流："明明心思比谁都敏感，想得很多，却故作开朗的样子很漂亮；心里越难过，越装得没心没肺的样子很漂亮；虽然心里总是计较，但努力生活，又不过度否定自己的样子很漂亮。"

听上去是很奇怪的夸赞。

我一时分不清这是赞扬还是贬损，可席豫说话的样子很认真，所以我心情很好地接受了，但酒醉后的刁难并没有停止。

"你说的点都太假大空了，抛开那些不谈，单说字面意义

折旧如新

上的，你觉得我漂亮吗？"

我解开发圈，头发像洗发水广告里一样自然滑落，我学着电影明星的样子，抬手将额前的碎发向后撩起，然后托腮目不转睛地看着他，故作可爱地问："这样呢，这样也漂亮吗？"

我只是想和席豫开个玩笑，但却没想到席豫避开了我的眼神，整个人看起来很不自然，甚至还有些局促不安。

过了一会儿，他说："漂亮。"

哎，他真的不怎么擅长说谎，我放弃了继续为难他，端起他一口没喝的酒杯，把啤酒倒进了自己的杯子里。

"我已经想通了，我以后要做一个疯女人，连陈子仪也不能在我面前指指点点。前男友说我不会喜欢人，这也罢了，毕竟他现在已经变成了不相干的人。但你知道陈子仪怎么说的吗？她最离谱，她和我说喜欢是不需要感激的事。翻译过来，她的意思是说，在我这里，喜欢是可以以物易物的东西，只要有人喜欢我，我就会喜欢对方，这是瞧不起谁呢？我的标准其实很高的！"

"你不是吗？"

"你……"我气结了几秒，最后只能嘟嘟囔囔地说，"席豫，你真烦人。"

"既然这样，陈子意，你和我聊聊吧，你的标准到底是什

第九章 千万不要学理工

么？我感觉自己从来没有搞清楚过。"

我认真思考了一会儿席豫提的这个问题，忽然惊觉：我确实没有一个具象化的标准，也无法和他说出个所以然来。

于是我只好搪塞他："一时半会儿也说不清楚，你只要知道我的标准很高就行啦。"我心虚地又喝下了一口酒。

"那我怎么样？"

"什么？"我以为自己听错了。

"我是说，在你的标准里，我怎么样？"

酒意被海风吹散了，我愣在那里，思考席豫是否知道自己这句话在社交场合里代表的引申含义。

他说的话是不太精通人情世故的无心之语，还是大家通常理解的那个意思呢？

他不是喜欢陈子仪的吗？

他应该是喜欢陈子仪的。

是的，他是喜欢陈子仪的。

席豫只是因为不擅社交才说出有歧义的话而已，他和陈子仪相识相知那么久，为什么会不喜欢她而喜欢我？

我早就学会不再自作多情了，即使我渺小平凡，但我的自尊心同样宝贵，所以我这样回答他：

"你当然好啦，各项都远在我的标准之上，就是有一点儿

折旧如新

我个人不太能接受。"

他皱眉问:"什么?"

"你是学理工科的。"我做出一副嘻嘻哈哈的样子认真地胡扯,"我和理工科的人八字不合。"说完,我不再去看他的反应,喊服务生结账。

烧烤店是家庭作坊,没有电子收银机,账单也是纸记的。现在正是客人最多的时候,老板忙不过来,过来结账的是个小孩儿,看上去也就是正在上小学的年纪,他拿着账单费力地一步一步戳着计算器,中间按错了一次键,于是只能归零重来。

"一百三十七。"席豫开口了。

小孩半信半疑看了席豫一眼,还是坚持要自己算完,最后果真是席豫说的数字。

这个年纪的孩子心里藏不住事情,他又惊讶又崇拜地问席豫:"你怎么算得那么快?"

他的样子像是席豫变了什么了不得的戏法。

"没什么。"席豫回答他。

"可能是因为我是学理工科的吧。"

他扫码后用微信结账,把付款页面给小男孩看,说:"以后千万不要学理工。"

"会后悔的。"

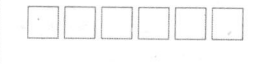

第十章
等待日出的我们

DENGDAI RICHU
DE
WOMEN

折旧如新

躺在酒店的床上,能看到天花板上有一排照明灯,像是黑夜的眼睛,我平躺着和它们大眼瞪小眼,脑子里想的都是席豫说的话。

他究竟是不是喜欢我呢?

如果喜欢的话,他又是从什么时候开始的?是中途移情别恋,还是说这人自始至终一直喜欢的都是我?

不不不,这个想法真的太离谱了。

我将思考进程拨回到最开始的问题:他究竟是不是喜欢我?

仔细回忆,我没找到任何席豫喜欢我的蛛丝马迹。他对我的那些亲切友好,非要说起,都有许多除了喜欢以外更合理的解释。但现在,我正因为他的一句话在这里辗转反侧,寝食难安。

这都是什么事啊?

第十章　等待日出的我们

最后我自己也不知道究竟是什么时候入眠的，只知道醒来后发现屏幕显示的时间已经跳转到了"11∶14"，通知栏里还有三通未接来电和一条未读消息，而这些全部来自席豫。前两通电话在三点半左右，最后一通在八点，而最新的消息则来自十分钟前。

"醒了吗？出来吃饭吧。"

我暗暗道一声不妙，弹射般从床上跳起，用平日里上班着急赶公交的速度匆匆收拾了一下就出门了。

席豫侧倚在房门口，我出来的时候，他正低头看着手机屏幕，看不出来究竟等了多久。见我出来，他微微抬头，依旧是一个有些俯身的角度，平静地说："好了？去吃饭吧。"

他丝毫没有埋怨我的意思，但我因此心里更加愧疚，双手合十，由衷向他表达歉意："真的对不起，说好要一起去看日出的，我却起晚了，麻烦你等我真的不好意思。今天中午我请你吃饭吧，当赔礼了。"

"你不用这么客气。"

"不这样我心里过意不去，再说了，昨天晚上也是你结的账，就当我回请吧。"

说着，我打开手机上之前做好的攻略，想要找家离酒店不远的店吃饭，正找着，听见席豫说：

"我以为你应该记不得昨晚的事了,没想到你还记得,看来你昨天不是太醉。"

我哽住了,头因此更低:"还好,我酒量一直不错。"

"以后在外面还是少喝一点儿吧,喝多了不太安全。"

不知怎的,我认为我有必要为自己正名,于是我第一次在席豫面前挺胸抬头,正色道:"平时我在外面不怎么喝酒,就算喝也有节制,昨天是因为你在旁边我才多喝了一点儿。"

席豫扯了扯嘴角,牵出一个有些勉强的笑,说道:"因为我很让人放心吗?"

我点点头,为他正名:"因为你是这世上难得的正人君子。"

"别太相信我,万一我不是呢?"

说着话,席豫忽然靠近,一只手伸过来像是要触碰我的嘴角,我几乎是下意识地向后躲避了一下,席豫停止了动作,手空荡荡地停在原地。

此情此景,我因为尴尬而显得有些慌张。席豫却没什么表情,他淡定地收回手,对我开口道:"对不起,是我唐突了。"

他又指指我的嘴角,说:"你这里有牙膏沫。"

席豫转身离开的时候,走廊里的橙色照灯拽着他不断拉长的阴影,一头系在他的脚跟,一头伸向我的脚下,我的心

第十章 等待日出的我们

像秋千一样起落，带着酥麻的酸胀，莫名觉得愧疚。

万一，我是说万一，席豫真的喜欢我呢？

生平第一次，我开始认真考虑这件事情的可能性，并为此惴惴不安。

我们很沉默地吃了一顿饭，两个人之间透着说不出的古怪，而这种古怪的氛围一直持续到我们打车去海边的沙滩浴场都没有结束。

车外的冷风刮得呼呼直响，席豫坐在后座的另一端，一路上都没怎么说话，只是转过头看着车窗外的风景。而我显然也没有合适的话题，只能低着头摆弄手机。

到了沙滩浴场，席豫主动请缨去浴场外的摊贩那里买沙滩凉鞋。

很快，他拿回来了两双凉鞋，一双天蓝色的，一双浅粉色的，他把粉色的递给我，说："穿37码，喜欢粉色，对吧？"

我瞧了瞧他手里的凉鞋，心里五味杂陈。

"我不喜欢粉色，喜欢粉色的从来都不是我，是陈子仪。"

这个时候，我又不相信席豫是喜欢我的了。

"可你初中的时候，明明会为了一条粉色的裙子和你姐姐大打出手。"

席豫说的是我小姨在我初中的时候从外地给我和陈子仪

带过来的裙子。

那是两条直筒裙，一条是浅粉色的，一条是雪青色的。陈子仪虽然长我两岁，但初中时我们俩身量差不多，不同的是我在青春期的时候不懂节制，身形略微发胖，明明是同一条裙子，我们两个穿上的效果却天差地别。

裙子到了以后，陈子仪理所当然地拿走了自己喜欢的颜色，我自然心气不顺，和她打了一架。最后父母出面仲裁，把粉色的裙子给了陈子仪，把雪青色的裙子留给了我。

"我那个时候只是为了和陈子仪赌气，就像我妈当时说的，其实我也没有多喜欢那条裙子。"

"可每次你姐穿那条裙子的时候，你都会用很艳羡的眼光看她，而那条雪青色的裙子，你一次也没有穿过。"

我哑口无言，讶异于他观察我观察得如此细致。

"确实，没准儿你就是不喜欢呢。"他作势要把那双粉凉鞋收回去，"我去给你换个颜色。"

"不用了！"我急忙从他手里把凉鞋夺过来，"也还行，粉色也挺好的。"

"我很喜欢粉色。"说出这句话的时候，我竟然感到了前所未有的轻松，仿佛揭开了心上一层透明的塑料薄膜。

"喜欢就好。"他弯下身来换鞋，换好后走在我前面。

第十章　等待日出的我们

我看着他在沙滩上留下的脚印，然后鬼使神差地踩在他的脚印上，随着他的轨迹行动。

没准他真的喜欢我呢？

我又开始没出息地猜测起来。

还没有到夏天，海边的日头就已经很毒了。这个时候又是旅游旺季，海边浴场的人着实不少。

我出来旅游前虽然嚷嚷着要拥抱自然，但过了不到十分钟，就被烈日打回原形，萎靡不振仿佛一株因丧失水分而逐渐打蔫的植物。

整天端坐在实验室的席豫显然比我更不能适应室外，持续的强光让他看起来显得有些吃力。于是我们很有默契地又租了一个绿色的帐篷和沙滩垫，买了两杯冷饮缩在帐篷里，自成一片天地。

果然，旅行的真谛就是消费。

躲在帐篷里的我终于有了和席豫好好聊聊的心情，趁此机会，我也萌生了想要对席豫的心意一探究竟的想法。

利用我新闻工作者的职业才能，我开始和他天南海北地胡侃。我们聊起路上看到过的哥特风教堂，聊起清州特有的沉稳的海，继而又聊到彼此生活中的趣事。

我正琢磨着如何巧妙又自然地切入到感情生活时，席豫

折旧如新

又一次自然地向我靠近了。

这一次我没有躲避,从这个距离,我可以很清楚地看到席豫的瞳色,比常人的略浅,带一点点的银灰,他的睫毛不是很长,但根部直立而挺翘。

席豫看人的时候非常专注,很容易让人萌发他只看着你一个人的错觉。

天气预报说今天的体感温度是三十五摄氏度,但此刻被席豫注视着的我,像是躺在了盛夏八月的柏油路上,急剧升温的同时还能清晰地听到自己躁动的心跳。

"陈子意。"他叫我的名字。

我应声,他又开口了:"你的脸在冒绿光。"

我:"……"

他绝不可能喜欢我。

见我不说话,他又给我解释:"物体呈现什么颜色,取决于它对光的吸收或透射的选择性。我们租的帐篷是绿的,所以它反射绿光……"

"不用说了,我知道。"我恶狠狠地打断了他,"因为你的脸也正在冒绿光。"

"我们两个就是一对沙滩上卧沙的小王八。"嫌不解气,我又补充了一句。

第十章　等待日出的我们

席豫被这句话逗得大笑,而我心中绮念尽消。

但值得庆幸的一点是,弥漫在我们俩之间的那种奇怪的氛围总算是因为这句话消失了。

我因为席豫的无厘头而气急败坏,但过后又如释重负。

为什么我一定要在乎别人对我的想法,并因为他们无意识的行为和言语而心神荡漾呢?

别人对我的喜欢真的重要吗?

没准陈子仪对我的判词真的是对的,我只会顺从或是讨好地喜欢上喜欢我的人。

但喜欢谁,该不该喜欢,如何喜欢,这件事的主动权自始至终都应该掌握在我自己手里,与谁喜欢我无关。

这个世界上,我最应该喜欢我自己。

想明白了以后,席豫到底喜不喜欢我这个困扰了我一天的问题似乎也不再重要。我决心不再让它困扰我自己,打算没有任何顾虑地度过接下来的假期。

想是这么想,但席豫再次叫我的名字时,我还是没好气地问他:"干吗?"

"你记不记得我们认识有多久了?"

"应该有十多年了吧。"

"十多年了。"他重复了一遍,"不管从哪个角度来说,十多年都应该是很珍贵的一段感情,是吧?"

"当然了,人生又能有几个十年。"

"但任何感情都会有变化,就像从我上大学以后,我们就没怎么见过面了,这次旅行好像是我们时隔很久再次这么亲近地在一块。无论以后怎样,我们起码能记住,还有今天这样的日子存在。"

席豫拉开帐篷的拉链,他站起身,抬脚扬掉了鞋里的细沙。

"最后一天的时候我们还来这儿吧,来看日出。"

之后的几天里,我和席豫一直相安无事。

我们一起看了海底世界的表演,在有名的商业街观光,也去了路上偶然看见过的教堂。每当一天结束暮色沉沉之时,我们会爬上离海边不远的一个小山头,上面是一个公园,在山上隔着护栏眺望,能看见连绵不断、延伸至远方的跨海大桥。

抛下了胡思乱想以后,我终于做到了心无旁骛地游玩。

约定好去看日出的前一天晚上,我再三核对是否定好了闹钟。担心睡过头,我直接每隔一分钟就定一个。在这样万全的准备下,这次旅行的最后一天,我总算没有失约,四点半时,我们已经坐在了海滩边。

第十章 等待日出的我们

这个时间节点来看日出的游客并不多,可大家对于日出的期待并未因此而降低。我和席豫披着毯子,小口喝着保温杯里的热汤,默默等待着日出。

我抬手看了眼手表,发现距离日出时间不到五分钟了。

"你还记不记得你初一下学期的最后一天,我们在森林公园外的护城河边见过一面?"席豫突然问我。

席豫提到的那天我是有印象的。

"记得,我那天考完最后一门试后被老师留下来打扫考场,比其他同学走得晚,回去的时候想起同桌说过林申路上新开了一家雪冰店,特意绕了远路想去看看,经过护城河的时候正巧碰见你。"

"你还记得?我还以为你过日子跟撕日历一样,过一天,丢一天呢。"

"我也不知道怎么回事,虽然我记性不好,但对于某一天发生的某些事件总是记得很清楚。我还记得我碰见你后和你打招呼,和你说林申路上新开了一家雪冰店。啊,对了!最后我还请你吃了雪冰,是巧克力味的。"

"看来你不光记得,还记得挺清楚。"

"那是。"我昂起头,"好歹我当年也算文科尖子生,这可不是闹着玩的。"

"幸好你还记得,毕竟那天对我来说真的非常重要。"他转过头来看我,"因为我就是从那时候开始喜欢你的。"

一轮新日从海面升起,水波浩荡,折射出炫目的光圈传向四面八方,小小汪洋躺在宇宙的碗里,变成了一池金汤。

"当然,现在也正在喜欢着。"

第十一章

他好像成了光

TA HAOXIANG
CHENGLE
GUANG

折旧如新

每到盛夏汛期或者隆冬河面结冰时,护城河边的护栏都会竖起禁止翻越攀爬的警示牌。

可即便如此,每年的护城河边依旧会发生意外事故。

于是每逢寒暑假前,学校都会下发通知书,上面写着警示家长看好自家的孩子,禁止学生去河道游玩之类的话,由我们交给家长,家长签好字后再上交给学校。

说是通知书,其实是变相的免责声明。

和护城河有关的事故里,绝大多数是意外。

我初一那年,同班的一个女生离家出走,多日未归,家长最后在护城河里找到了人,至今都未找到该女生死亡的原因。

据说她离家前,曾经和父母大吵了一架。

这件事发生后的几个月里,班里都弥散着一种奇怪的氛围,如今想来,那应该是我们最初接受到的关于死亡的启蒙,

第十一章 他好像成了光

含蓄却现实。

那个女生的同桌,得知她去世的消息后趴在桌子上哭了一个下午,最后被家长接回家,后来还接受了心理疏导。

我一直以为那女生的离世对我不会有什么大的影响,因为我们之前并没有什么交集,她对我来说,只是个连话都没说过几次的普通同学。

但我总是无缘无故地想起她。

她平时总是扎着高马尾,校服裤子不知道是自己改的还是找人改的,被改成了紧身裤。她的座位在我的斜前方,有时上课的时候,从我的位置能看到她弯腰偷吃零食的样子。她的桌子上有许多贴纸,桌子的屉子里还有许多我不认识的明星海报和其他周边产品。

她失踪的一个月前,我还在洗手间和她说过话,那是我们为数不多的交谈之一,也是最后一次。

她对着洗手间的镜子龇牙咧嘴,对着耳朵在插什么东西,试了几次总是不得其法。我洗完手后打算直接离开,却被她从背后叫住。

"陈子意,你能帮我戴一下吗?"说着,她递给我一个黑色的小塑料棒,又指指自己的左耳。

她的左耳有一个耳洞,看上去新打不久,还在发炎红肿,

折旧如新

我看到后不由得皱起眉。

"你耳朵还肿着,现在戴肯定很疼,我要是给你戴了之后你伤口更严重了怎么办?"

"没事,你就戴吧,现在不戴,以后长上了更疼。"

她说得豪气,当我真拿着耳棍颤颤巍巍试探着戴进去的时候,她又控制不住地喊疼,边喊边抱怨。

"原本我耳洞早就要长好了,可我摘了又戴,戴了又摘,伤口都一个月了也没长好,还比刚打时更严重了。"

"要不先别管它了?"

"不行,那我不就白受罪了吗?"

她一直坚持,我心里一边嘀咕着"你现在这样其实也挺受罪的",一边小心尝试,最后好歹是给她戴上了。

那天下午开始上课前,我的桌子上多了一瓶冰红茶,上面贴着的便利贴不光写着"谢谢",还画着一个大大的简笔画笑脸。

那时候的冰红茶还没有换包装,瓶身依旧是四四方方的长方体,上面印有回字形的凹凸状花纹。

我曾经思考过,如果我没有见过她,和她不曾认识过,或许听见她去世的消息时,我只会诧异,生出片刻类似快消耗品的悲悯和惋惜,然后很快忘记,继续日复一日地度过余生。

第十一章　他好像成了光

可正因为我见过她，认识她，所以我总是想起她，并开始由衷地讨厌和畏惧死亡，包括他人的，也包括自己的。

我碰见席豫的时候，他双脚正踩在护城河汉白玉栏杆的缝隙里，半个身子探出去倾斜着，河边的风鼓起他的白色T恤，少年人单薄柔韧的身躯在阳光下变得透明。他似乎犹豫着是否放开扶着栏杆的手，整个人伫立在那里，不知道究竟在想些什么。

我那时真的怕极了。

我害怕席豫突然张开双臂，像一只张开翅膀向下俯冲的幼鸟一样跳进冰冷的河水里。我不想再听见这样的消息了。

更何况那个人是席豫。

我第一时间大声喊出了席豫的名字，他听见我叫他的名字后转过头，四下寻找了一番，看见来人是我后，目光逐渐开始有了聚焦。

像是从一场很长的噩梦里惊醒，他终于回过神来，对我说："是你啊。"

我缓缓走近他，却又害怕因为自己的唐突惊吓到他。我努力挤出一个笑容，朝他伸出手。

"怎么在这里碰见你了，真巧啊！今天是我第一次走这条路回家，前面再过一个红绿灯就是林申路了，据说那儿新开了一家雪冰店，你和我一起去看看吧。"

他没有动作，于是我又走近了一点儿。

"我请客，好吗？"

他不说话，只是看看我，又看看我伸过去的手，接着他握住了我的手。

除去河边的一小段插曲，之后的时间里，席豫自始至终都表现如常。往后的一整个暑假，我待在席豫身边，也没有察觉出一丝异样。

所以后来我一直以为是那个女生的事对我的影响太大，以至于我看见站在河边的席豫，下意识就产生了不好的联想。而真实的情况不过是我杯弓蛇影，又大惊小怪了。

但在刚刚，清州海边的清晨里，刚和我告白后的席豫和我说：

"我当时是真的在考虑要不要跳下去。"

"为什么？"

知道当时情形的我起初觉得庆幸，而后是后怕，最后是愤愤不解，终于将那时候藏在心里的猜测问出口："难道真的是因为中考失利才这样的？"

"是也不是。"他拿过我手里的保温杯盖，又给我续上了一杯热汤。

第十一章　他好像成了光

"我一直没和别人说过，我其实有一个同父异母的弟弟，比我小六个月，小学跳了一级，和我一届，我从懂事开始就一直知道他的存在。"

"他是我们那年的中考状元。"

我们小区同龄的孩子不多，家长们彼此都认识，每当小区里有孩子升学，家长都要问候一番。但席豫中考那年，所有家长都非常有默契地绝口不提成绩之类的事，看见席豫的父母说话也是小心翼翼的。

常年占据全市联考和模拟考总榜前二的席豫，被老师和学校寄予了厚望，但谁也没想到，就是这样的天才少年最终连市一中的录取分数线都没有够上。

陈子仪也是那年中考，父母谈她的去向时也聊到过席豫，他们为他的考试失常而叹气，总说只要他调整好心态，选择一个有前景的学校，未来的人生还是有更多的机会的。

但令所有人都没想到的是，席豫没有选择交两万块钱的择校费，而是选择了直升本校的高中部。

"我妈怀着我的时候，我爸出轨了，不久之后，小三也怀孕了。我爸求那个女人打掉，却遭到了拒绝，对方执意要把孩子生下来。"

我怔住，根本料想不到那个戴着金丝眼镜，总是亲切地对我说"子意回来啦"的儒雅叔叔，竟然会做出这样的事。

"我妈是在月子里知道这件事的，原本说什么都要和我爸离婚，架不住我爸求情，更何况我当时那么小，于是忍耐到现在，只是要求我爸无论如何都要和那个小三断了联系。后来那个女人销声匿迹一段时间后带回来了一个男孩。

"发生这件事后，我父母之间的婚姻实际上已经结束了，我妈从来不肯给我爸好脸色，他们几乎每天都吵架，他们吵架并不避讳我，每次吵架都会提起那对母子。任谁来看这样的婚姻都没有继续下去的必要了，但我妈为人又很要强，更见不得我爸和那对母子过得好，在家里和我爸互相折磨，在外面还要扮成一对恩爱夫妻。

"我妈最常对我说的话是'如果不是因为你，我早就和你爸离婚了。席豫，妈妈只有你了'。

"她要求我事事做到最好，一定要胜过我那个素未谋面的弟弟。或许那个女人也是这么想的，所以才让他跳了一级和我一届。我拼命地努力，从来不敢懈怠，可能从那个男孩出生开始，我们两个就已经开始了一场漫长的竞赛。

"当我有做得不好或者让我妈感到不满意的地方，她总会一一细数为我做过什么，牺牲了什么，然后用她最常说的那句话结尾——'席豫，如果不是因为你，我早就和你爸离婚

第十一章　他好像成了光

了'。这些其实不算什么,多经历几次也就习惯了,但我最害怕她在我面前哭。"

席豫似是无可奈何地笑着,叹了一口气:"我最害怕她的眼泪,那会让我觉得我比我爸更十恶不赦。"

"原本我应该成为她的精神支柱。

"但我没有做到。

"中考前一个星期我开始整夜失眠,考试的时候有好几次,我眼前模糊得看不清试卷上的字,身体发抖,冒着冷汗,连笔都握不稳。考完最后一门从考场出来,我就知道一切都完了。

"成绩出来后的一个星期里,我妈都把自己一个人关在房间里哭,连饭都不吃了。我和她道歉,请求她原谅,保证以后会更加努力,但都无济于事。

"我那天原本只是想出去散心,但盯着绿色的河水时,突然我就萌生了这样一个念头,是不是只要我跳下去,这一切都会结束,所有人都会解脱?"

"但你没头没脑地出现在那儿,还问我要不要吃雪冰。"席豫说起来,语调是和事实不符的轻松。

"你一定不知道,你和我说话的时候表情慌张,却非要挤出比哭还难看的笑,明明向我伸出来的手抖得那么厉害,还要做出一副开朗又无事发生的样子。"

　　我想起那天席豫被风吹鼓起的白色 T 恤和他看见我时茫然自失的神情。

　　"如果我那天没有出现在那儿，你会跳吗？"

　　"我不知道。"席豫很坦诚，"但我知道的是，既然那天遇见了你，我之后就不会再考虑这件事了。"

　　"为什么？"我问他。

　　"你想想看，如果我真的做了，那个明明要哭却还要强装镇定的小姑娘可能一辈子都会困在愧疚不安里，我没道理把她拉进烂泥潭里。"他转过头来看我，"你要是因为我一辈子都不再吃雪冰了可怎么办？"

　　我心里一方面因为他当年真的有过不好的念头生气，一方面又因为他的经历难过，听见他这么说也轻松不起来，赌气说："你把我想得太高尚了，只要不在我面前，你怎么样，我都没关系。"

　　"是吗？"席豫点点头，"你说什么就是什么吧。"

　　"你和陈子仪说过这件事吗？"

　　席豫沉默了一会儿，像是实在拿我没有办法一样看我："我和她说这些干什么？"

　　"我又不喜欢她。"

第十一章　他好像成了光

海边寒风冷冽，我却觉得自己的脸轰地一下热了起来，后知后觉想起了席豫最开始的话。

他说他喜欢我，从很久以前就是了。

我整个人变得局促不安，结结巴巴地问他："你不是……不是喜欢陈子仪吗？"

"谁和你说我喜欢她了？"席豫说话的音调罕见地升高。

"你不是经常给她送些礼物示好吗？"

"那是我托她转交给你的，她没说吗？"

陈子仪每次把东西给我时只说是席豫给的，我理所当然认为是给她的，从来没想过还有别的可能性。

"你还常常通过我约她见面。"

"我是怕单独约你，你会拒绝。"

"可你们明明更常见面啊？"

"因为她是你姐姐，我自然要通过她掌握你的情况。"

"可我们认识这么久，你从来没有表现过你喜欢我。"

"我以为我表现得很明显了。"席豫叹气，"况且每次我快要坦白心意时，你都会把我推给陈子仪。你还记得吗？上次我们三个一起吃饭，你说如果我能当你姐夫就好了。其实不光上次，几乎每次见面，你都会非常热情地撮合我们两个，我以为那是拒绝的意思。"

折旧如新

我想了想，确实是这样的，于是更加不知道要说什么。

"有好几次，我都想破罐子破摔直接告白了，就算被讨厌疏远也没关系，可陈子仪叫我等等。她说你神经太粗了，粗到难以置信的地步，但又非常容易受到惊吓。她还说冲你这样的性格估计一时半会儿也不会有什么新的情况，叫我多出现在你面前好好表现，培养感情，天长日久自然水到渠成。"

席豫苦笑："后来的事情你也知道了，你有了男朋友，然后很快分手。我追到了这里，打算最后一搏。"

此时太阳已经完全升起，光芒盛得刺眼，席豫像是毫不畏光一样看我，眼睛眨也不眨。

"你是怎么想的呢？陈子意。"

我是怎么想的？

就在前不久，我刚刚确定了自己以后不会再为别人的喜欢轻易动摇，之后就收到了席豫的告白。

我对席豫有好感吗？答案是肯定的，因为席豫本来就是个很不错的人。

但我喜欢席豫吗？坦白说，我不知道。

现在的我，连自己是不是了解"喜欢"这种情感都不确定。我当然可以和之前一样，因为自己被选择、被喜欢而答应。

第十一章 他好像成了光

然后呢，再稀里糊涂地结束吗？

我不能这么对席豫，我想成为能对得起他长久的喜欢的一个人。

于是我说："我想我还要考虑一段时间。"

怕他伤心，我又急忙解释："我不是拒绝你的意思，只是你知道，事情太突然了，我需要反应的时间。而且就像陈子仪说的，我确实神经大条，但我这次不想那么轻率地做决定了，我想确定好心意以后给你一个明确的答复。我们也可以继续联系，彼此了解……"

"知道了。"席豫打断我慌乱的解释，"不是拒绝就行。"

"那我之后可以没事的时候找你聊天吗？"

"当然可以。"我欣然答应。

"可以约你出来见面吗？"

"当然可以。"我点点头表示没问题。

"可以当你男朋友吗？"

"现在还不行。"我答得飞快。

"陈子意，到底谁说你傻的？"

"不知道，反正有那么一个人。"

席豫笑而不语，过了一会儿，他又说："今天我给你讲的事，你不用多想，更不用有负担。即使你之后决定不接受我，我也不会怎么样的。之所以告诉你，是为了让告白尽可能显得真诚，不想你对我有误会。"

他冲我眨眨眼："我的指导老师说过，讲清因果关系很重要。"

他老是开这种不合时宜的冷玩笑。

"那之后，困扰你的问题解决了吗？"

他用手支着头认真思忖，说话声音很轻，像是在问自己："解决……了吗？"

思考后，他回答我："我不知道算不算解决了。"

"那个男孩高一的时候从教学楼跳下，还好高度不算太高，中间还有一棵银杏树做了缓冲，捡回来一条命。学校对外的说法是因为成绩下降，学业压力太大，我倒不这么觉得。

"发生这件事后，他们母子离开了本市，再也没人听说过他们的消息。但我妈听说了这件事后沉默了很久，有一天晚上我半夜醒来，发现她坐在我床头看我，无声地流着眼泪。从那天开始，她对我变得小心翼翼，再也不勉强我做任何事了。

"但让我觉得自己卑劣的是，知道这件事的我有一瞬间竟然觉得如释重负，庆幸终于有人画下了休止符。

"明明我知道这样是不应该的。"

第十一章　他好像成了光

早上五点半，一轮新日上高头，随之而来的是崭新的日子。

席豫站起来，拍拍身上的沙子，仿佛掸落了昨日，那些愤怒、眼泪、挣扎都被甩在身后，在阳光下无所遁形，像水珠一样挥发在空气里。

他指着太阳，没有阴霾更看不出晦暗，好像他与光融在了一起，成了光。

"陈子意，你看，又是新的一天了。"

第十二章
趋光的夜行昆虫

QUGUANG
DE
YEXINGKUNCHONG

折旧如新

回程我和席豫不是同一个班次。

他比我晚出发十分钟,我们在同一个站口检票。

候车的时候,两个人都低着头,大厅里冷气开得很足,而我们两个之间的空气仿佛凝滞了,风吹不动。

"我没能抢到你那班的高铁票,五一来清州的人比我预想的要多得多。"席豫在和我解释我们不能坐同一班回程高铁的原因。

我点点头权当回应,依然头低着,视线所及之处能看见我的白色编织凉鞋踩在米色的有大理石花纹的地砖上,和席豫的黑色单鞋隔着小半步距离,两双鞋正好呈八字形。

我想起了放在行李箱里的粉色沙滩凉鞋,抬头看席豫,一瞬间发现他也在看我,四目相对时,我们两个都有些慌张。

重新低下头前,我看见了席豫染红的耳郭,颜色浅浅的一层,像我去人民广场采风那天马路旁盛开的樱花。

第十二章　趋光的夜行昆虫

　　为了掩饰尴尬，我打开钱包做出翻找身份证的样子，发现我们刚到清州那天买的两张双色球彩票还夹在夹层里，仔细查了查，开奖日期正好是明天。

　　我拿出来给席豫看，说道："开奖的时候我们都不在清州，万一真的中奖了怎么办？"

　　席豫笑我傻，说："怎么会那么容易？你不会真的做着一夜暴富的美梦吧。"

　　"不是你和我说的吗？人总应该抱着点希望。"

　　"不如这样吧。"席豫建议我，"你把它当作一张许愿券，一张实现一个愿望。这样即使中不了，希望也不会落空。"

　　"这么说的话，兑奖单位在哪儿呢？"

　　他不说话，只是笑着看我。

　　看他这个反应，我迟疑着问："你会帮忙实现吗？"

　　他一副理所当然的样子，确定地说："我会的。"

　　"那你的愿望呢？"我举着彩票，说，"这里面有一张你的许愿券，谁来实现你的愿望呢？"

　　"我？"他看着我，说，"我的愿望，你已经帮我实现了。"

　　"过去的这五天就是我的愿望。"

　　仔细想想，席豫的感情并不是无迹可寻，但当时的我从来没有从这个角度考虑过。

在得到席豫明确的告白后，坐在回程的高铁上的我开始认真回忆，想起了一些我之前从未注意过的事情。

那是齐冀扬和我来往还比较密切的时候，他还没有和陈子仪表白，周末的时候时常会来我家。

来来往往几次后，忽然有一天，席豫坐在了我家客厅，说是陈子仪邀请他来我家一起看碟。

陈子仪那天和我说话语调异常的夸张热情，非常多余地和我解释原因，说她前几天在电影频道看《大话西游之大圣娶亲》错过了后半部分，特意租了碟想把电影补全，一个人看觉得寂寞所以把席豫叫来。

在此之前，陈子仪是从来不会跟我说明她做事情的理由的。异常的不止一点，她还勤快地跑到厨房里准备零食和水果，叫走了本来就表现殷勤又跃跃欲试的齐冀扬帮忙。

如果我足够有眼色的话，就不会看不出陈子仪的异样、齐冀扬的活跃和坐在沙发上的席豫的窘迫。

但当时的我以为所见即全部，身边即世界，没发现任何不对劲。

陈子仪和齐冀扬在厨房的时候，我和席豫坐在客厅的沙发上，隔了一个身位，他忽然问我：

"你高中想好去哪个学校了吗？"

第十二章　趋光的夜行昆虫

我那时候隐约怀揣着和齐冀扬升入同一所高中的想法，但每次问他的高中志愿时，他总说得含糊不明，再加上我自己的成绩也不是很稳定，所以一直没有明确的想法。

席豫问我这个问题时，我下意识地向厨房看了一眼，然后说："我还没想好呢，看到时候的发挥吧，如果能考到更好的高中的话当然最好了。"

"听你姐说，你有考外国语附中的想法？"

他瞥了一眼厨房的方向，声音悄悄地放低，和我说："要是想考到那儿的话，就不能早恋了。"

他说这句话就像说今天是星期几一样平常，而听了这句话的我却开始坐立不安，慌张地摆手。

嫌不够明显似的，我还欲盖弥彰地假笑。

"哈哈……你说什么呢……我怎么会呢？每天不是在家里，就是在学校，和谁早恋？"

他原本是恶作剧的口吻，估计没想到我会有这么大反应。看到我被戳中心事的模样，他沉默了一会儿，好半天之后才用一种了然又带着自嘲般的语气开口。

"原来是真的啊。"

我已经记不太清席豫那时候的表情了。

我那时候在想些什么呢？应该是因为自己不能言说的心

折旧如新

思被人发现而惊慌失措吧，同时还在害怕，害怕席豫会说出我的秘密。

这样的我是察觉不到席豫那时的心境的。

这时陈子仪和齐冀扬从厨房出来，齐冀扬原本想要坐到我身边，被陈子仪抢先一步，她一屁股坐到了我身边，还伸手招呼着席豫："你坐那么远干什么，坐过来一点儿。"

我紧张地看席豫，而席豫从上到下审视了一遍站在一旁拿着果盘的齐冀扬后，缓慢地挪动，坐到了我身边，用只有我一个人能听见的音量说：

"我不会告诉别人的。"

现在想想，那天下午的四个人各怀心事，组成一条单向的长链，我和齐冀扬是中间一环，而陈子仪和席豫在链条的首尾两端。

电影播放到末尾的时候，紫霞仙子躺在齐天大圣怀里，说出了电影最经典的台词，她穿的喜服发出妖冶又猩红的光，照得傍晚的房间影影绰绰。

陈子仪在我旁边哭得稀里哗啦，齐冀扬抱着纸巾一张张递给她，我和席豫坐在另一边，倒是显得过于平和了。

"时机真的很重要，对吧？"

我转过头，席豫的视线依旧放在电视上，好像他从未说

第十二章 趋光的夜行昆虫

过刚才那句话。

我想我现在明白他的话了。

假期结束没多久,席豫约我吃饭,地点定在他们研究所附近的一家湘菜馆。

比约定时间提前了五分钟,我到了研究所的门口,打电话给席豫时,他刚从实验室出来。

过了十分钟左右,我看见了席豫的身影,他也看见了我,小跑着向我奔过来。

"对不起,等很久了吧。"

"没有,我也刚到不久。"

"我说的那家店就在前面那个路口,走三分钟就到了。"他拿起手机看看时间,指着身后的研究所问我,"现在还早,你想进去参观一下吗?"

托席豫的福,我进了化学研究所的大门。

走到一栋看上去有些年头的砖红色大楼时,席豫停下来和我介绍。

"这是3号楼,我们实验室就在里面,我平时基本只在这栋楼里活动。"

"席豫。"我是真的好奇所以问他,"你们平时都研究些什么?"

"这个不太好细说，因为每个实验室各有侧重。像我们实验室主要研究的是有机固体，实验室里也会分不同的方向，我现在主要研究有机超导体的合成，它算是高分子领域中的一种……"

"席豫，还没下班哪？"

谢天谢地，在席豫说的话超出我的理解前，一个穿着蓝色冲锋衣、背着黑色双肩包的老人打断了他。

见到来人，席豫显得非常恭顺。

"肖老，您也刚下班？"

"和几个学生聊了聊，才结束。"被称作"肖老"的人注意到了站在席豫身旁的我，问席豫，"不打算介绍一下你旁边这个小姑娘？"

"忘了和您介绍了，这是和我一起长大的小区妹妹，我们中午约了一起吃饭，我顺便带她在所里逛逛。"

听了席豫对我的介绍，我心里微妙地有了一丝异样的情绪，但并没有表现出来。

"只是小区妹妹？"肖老笑眯眯的，"没有什么别的？"

"我个人是有别的想法的，但要看她的意见。"

闻言，肖老大笑，而我的脸飞速地开始发烫，席豫究竟是怎么做到一本正经说出这样的话的？

第十二章　趋光的夜行昆虫

许是看我羞窘,肖老不再接着往下问,和席豫寒暄几句后,背着背包大步离开了。

席豫这时才和我解释起那人的身份:"肖老是国内分子反应动力学方向的带头人,也是我们所为数不多的院士之一,在业内颇有声望,即便是这个年纪了他也还在坚持每天都来所里上班,朝九晚五,风雨无阻。"

听了席豫的话,我不由得有些惊诧:"可从外表来看,根本看不出他是这么厉害的人。"

"那是肖老的习惯,他几乎每天都是这样的打扮,并步行上下班。"

"可到了他这样的学术地位,无论好坏,再怎么说也应该有一辆代步车吧。"

"他有,只是平时不开,停在所里。说起来,他的停车位应该就在附近。"

席豫四下看了看,指着一辆车示意我看。

"找到了,那就是肖老的车。"

我顺着他指的方向看了过去,是一辆黑色的豪车。

"……"

"每个周末肖老的外孙都会被放在他们家照顾,这是肖老为了接送外孙特意买的,据说车型也是小外孙选的,肖老原本觉得这车太张扬了,但架不住孩子喜欢。"

这个世界每天都在让我惊喜。

我手指摩挲着下巴,认真思考后问席豫:"我真的只是随便问问,你觉得有没有可能几年或者几十年之后,你也能有买这样的车的经济实力呢?"

"怎么,如果我说有的话,在你那里会加分吗?"席豫似笑非笑地问我,"你是会被这个打动的人吗?"

"说不准。"我又开始信口开河,"你看我的前男友就知道了,我没准就是个被物质蒙蔽双眼的女人,陈子仪说我有这样的倾向。"

几乎是话出口的一瞬间,我就感到了后悔。

我立刻和他道歉:"对不起。"

"好好的,说什么对不起?"

"我不应该在你面前提起前男友的。"我深刻地自我反省,"席豫,我好像有点得意忘形了。"

"你没有什么对不起我的。要说对不起,也应该是我对自己说。"

像是征求认同一般,席豫对我说:"我耽搁了太多时机,对吧?"

只有电视机发亮的客厅、尘土飞扬的器械室、两个人独

第十二章　趋光的夜行昆虫

处的车内、清州的海边,还有等等等等记得或者不记得的时间空间,除了被席豫耽搁的时机以外,还有我数不清的漠然和迟钝。

"不是你耽搁了时机,而是时机独断地安排了一切。"

走出研究所,我和席豫坦白:"就像我和你说的,我可能有些得意忘形了。即使到现在,我还是觉得你喜欢我这件事有点不真实。"

虽然不好意思,但我还是尝试和他剖析我的心境。

"我也不知道怎么形容,好像因为你喜欢我,所以我变得闪闪发光了。"

"不对。"他停下来纠正我,"你搞错了因果关系。"

"我之所以喜欢你,是因为你本身就是光,而我,只是本能地被光吸引。"

席豫双手背后,弯着腰向前探头和我视线平齐,认真地盯着我说话。

"陈子意,你就当我是只不自量力的趋光的夜行昆虫吧。"

"可我并没有你想的那么好。"我说。

我看着席豫,也看着席豫眼中的自己。

"我不是会发光的恒星,可能甚至连个白炽灯泡都算不上。如果非要说有光的话,我或许只能算是根荧光棒,最多亮一天，之后马上就会变得灰不溜丢。"

"即便那样，对我这只昆虫来说，一天就是一辈子了。"

席豫的眼里依旧存着我的身影，我看着它，忽然觉得自己惊人地美丽。

电话铃声响了，是我的。

我回过神来，不自然地咳了咳，装作毫无波动的样子接起电话，实则连来电显示都没看清楚。

"喂？"

"陈子意，我回来了！"

"不好意思，请问您是？"

"我是齐冀扬啊，你不会没存我的号码吧？"

我移开听筒，这时才看清来电显示，席豫用眼神询问我怎么了，听筒里齐冀扬还在说话，但我已经听不见了。

世界鸣声大作，到处响起了警笛。

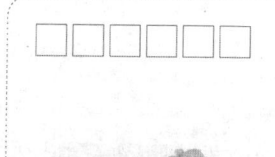

第十三章
成年人的恋爱

CHENGNIANREN
DE
LIANAI

折旧如新

在席豫的注视下,我果断无视了那通电话。

"没什么,是卖保险的骚扰电话。"

我坦荡地说了谎,给齐冀扬发了一条短信,告诉他我现在正忙,过后回电,然后就不再理会手机了。

不知是因为习惯还是因为尴尬,一顿饭我们两个吃得很安静。

我不是吃饭的时候安生待着的性格,不出声吃饭的时候,嘴巴安静,脑袋里却喧闹个不停。

一开始,我想起齐冀扬的来电,思忖着他突然回来的原因,想着想着,思绪的重点逐渐模糊,满脑子都在回放席豫刚才说过的话。

他说我是光呢。

想到这,我装作扒拉碗里的饭的样子微微抬眼观察席豫。

坐在我对面的席豫此刻脸颊微微泛红,额头上有一层薄

第十三章　成年人的恋爱

汗,嘴巴克制地吸气吐气,像是在降低辣味带来的热度。

"你……不能吃辣吗?"我现在才发现他异常安静的缘由,迟疑着问他。

"我还好……咝……"说着话,他又吸了口气,"就是吃了容易上脸。"

"早知道你不能吃辣,我就选别的地方了。"

"没有。"他摆摆手,"这家店在我们院里很出名,我早就想过来了。"

席豫一直说自己没有大碍,我只能将信将疑吃完了一顿饭。

湘菜馆收银的柜台上摆着一盘绿色包装的圆环形薄荷糖,是免费提供给来这里消费的客人的。

席豫去结账的时候,我看见他抓了一把,全部拆开后一把倒在了嘴里,一下一下咀嚼着,表情看上去像是重回人间。

这个傻子。

我之前从来没想过,有生之年我会把"笨拙"这两个字和席豫联系在一起。他好像始终应该是云淡风轻且踌躇满志,漫不经心又信心在握。

但这是一起去清州前我对席豫的印象。

席豫从来都不会给人高高在上的感觉,但当我找寻他时

折旧如新

只顾着看前方和高处,没有发现他就站在我身边,离我并不遥远。

出店门前,我掏了一把薄荷糖揣进兜里,到了研究所门口,我叫住了要转身离开的席豫。

"把手伸出来。"

他伸出了一只手,手心向上,平摊在我面前。

我摇摇头:"不对,两只都伸出来弯着并在一起。"

对于我提出来的要求,席豫照做了。

我把口袋里的糖抓出来,哗啦啦地撒在了他手心,说:"喏,送给你,就当借花献佛啦。"

"但你得知道,这个不是鼓励你的意思,下次别再这么做了。"我没把话说得太明白,像打哑谜一样,说,"你应该明白我的意思。"

席豫仔细地端详手里的硬质糖果,不久又重新塞回了我的口袋。

"我把这些再转送给你。什么时候你把这些糖吃完了,我们就见面吧。"他又套用了我的话,"你应该明白我的意思。"

你的意思是什么意思?

我歪着头无声地表达了这句话,席豫读懂了我的电波,好脾气地和我解释:"我的意思是,我会等你来找我,在任何

第十三章 成年人的恋爱

你希望的时刻。"

"或快或慢,或早或晚。"

"傻子。"

或许席豫觉得说这句话时的自己一定很帅气,因为他这句话本身就很有耍帅的嫌疑。

但说完这句话后的席豫和帅气两个字根本就不沾边。

他的耳郭重新沾染上了我们在车站分别那天曾经显现过的樱花红,分明已经是樱花落尽的季节,但我面前仿佛依然绽放着朵朵盛开的樱花。

偏偏羞怯又是种富有感染力的情绪,我被席豫带偏,脸上也带着些不正常的微热。

于是过路的人都能看见一对脸红的青年男女,头对着头,脚对着脚,扎根在原地,像两株面朝着对方昏头昏脑的向日葵,忘记了辨别哪处才是真正的太阳。

这过去了又好像没过去的春天啊!

告别席豫后,我想起手机里还有一通来自齐冀扬的未接来电。

这是一通来自快要被我遗忘的来电,虽然不知道他为什么突然再次联系我,但我还是给他回了过去。

他还是和以前一样,用熟稔的语气和我闲谈寒暄,仿佛

折旧如新

我们只是几天不见。和他相比，我全程都在状况外，谈话一直由他主导，等我终于回过神时，才发现自己已经稀里糊涂答应了和齐冀扬见一面。

"高考结束以后，你们全家不是都搬回老家了吗，你怎么又回来了？"

这话是在问坐在我对面的齐冀扬。

"我们公司正好有一个外派的名额，你也知道，这种事自然要优先考虑单身员工。再加上不知道是谁，和领导提了一嘴，说我在这里生活过，勉强算半个本地人，极力推荐我来。正如你所见，现在我就在这儿了。"

齐冀扬叹了口气："我，齐冀扬，老倒霉了。"

"你回来了就回来了，也不用那么客气，非要通知我一下吧。"

"瞧瞧你这话说的，咱们初三的时候好歹也是形影不离，你的后面有我，我的后面有你。既然回来了，当然要第一个通知你，不看看咱俩什么关系？"

"同学关系。"我冷酷地划下界限，"非要说有不一样的话……只能说你也是向我姐表白过的关系。"

提到这件事，齐冀扬的表情飞快变得尴尬，看见他这样，我脑子里"坏水"冒得更多，不由得幸灾乐祸起来。

第十三章　成年人的恋爱

"不管怎么说，我当年也是看着你追求我姐的，你现在要是还有想法，我可以帮你牵线搭桥，毕竟和她现在的男朋友相比，我还是瞧你更顺眼些。"

"别了别了。"齐冀扬连忙摆手道，"我当时年纪小，不懂事儿，但仔细想想也情有可原。你想啊，那个时候咱们学校多少男生都喜欢你姐，我也不能免俗。当时只是觉得大家都喜欢的一定是最好的，一腔热血莽莽撞撞地去告白了，最后被骂了个狗血淋头。现在回想起来就觉得丢人。"

"你也说了嘛，当初年纪小，那时候发生的丢人的事情现在也能当作笑话说出来了。就像我，我初三的时候还喜欢过你一段时间呢。"

说出当年的暗恋心事时，连我自己都觉得太过轻易，我好像真的毫无芥蒂了，自然而然地就说出了口。

齐冀扬显然有些意外，他愣了一下，定定地看着我，说："其实我……"

"你别害怕，我说的是喜欢过，这个过去时态已经非常非常过去，到了久远的程度。"怕他误会，也怕他和我相处的时候感到尴尬，我连忙解释。

"我现在有喜欢的人啦。"

我想起席豫，虽然还不确定，但我愿意先草率地把我对他的感情定义成喜欢。

"是个很不错的人,你之后要是长留在本地的话,有机会我介绍你们认识。"

不知道是不是我的错觉,又或者是席豫对我的喜欢让我自信心膨胀,自作多情过了头,我好像能从齐冀扬的脸上看到一种近乎落寞的情绪,但从他接下来说的话中又感受不到丝毫失落。

"了不起呀,陈子意,你这真是铁树开花,老房子着火,大姑娘出嫁头一遭啊。不过知道你现在对我没有'邪念'我也就放心了,要不然一不小心我这个花季少男就清白不保了。"他捂着胸口作痛心疾首状,说,"现在男孩子出门在外,可太危险了。"

"齐冀扬,要是家里条件困难买不起镜子的话,"我屈起手指用关节敲敲咖啡厅落地窗的玻璃,"看这儿,这反光,快来照照自己什么德行,也好认清下自己。"

开过玩笑以后,我们接着聊天,齐冀扬说他找好了房子,过几天准备搬家,喊我到时候过去帮忙。

"我凭什么?"

"凭我差点成为你姐夫。"他现在倒也能拿这件事来自嘲了。

第十三章　成年人的恋爱

"狗嘴里吐不出象牙，你少臭美了，你连当我姐夫这件事的边儿都没碰到过。"

他伸出食指在我面前摆了摆，然后做出了一个噤声的手势："小姑娘家家的可不能说脏话哦。"

见这个理由行不通，他又搬出别的理由想要说服我："时隔多年我又回到这，转眼间故乡变他乡，我一个人在这座城市里举目无亲，孤苦伶仃，只希望你这个老朋友能伸出援手，帮我一把。难道帮我搬家这个小小的请求你都不能答应我吗？"

"少跟我打感情牌了，我不吃你这套。"

"事成之后，我请你吃人均一千的日料自助餐。"

"你以为这个就能收买我？"

齐冀扬笑而不语，低头摆弄着手里的咖啡。

"你刚才说你什么时候搬家来着？"

答应帮齐冀扬搬家后，我思考过要不要告诉席豫这件事。

不说的话，似乎显得不够坦诚，但关于齐冀扬的事，我自认为问心无愧，特意解释倒好像有些什么。

更何况，如果说的话，我又是以怎样的立场告诉席豫这件事呢？

我和席豫尚未对我们的关系有过明确的定义，思及此，

折旧如新

我最终还是决定暂时先不告诉他。

清州一行回来后,陈子仪几次旁敲侧击地问我和席豫的进展,都被我糊弄过去了。

今天晚上我们一家人照例围坐在电视前,等待着晚间新闻结束后陈子仪的出现。我放在玻璃茶几上的手机突然震动发出嗡鸣声,我用指纹解锁,看见不久后就要出镜的陈子仪利用广告时间见缝插针地八卦,再一次对我的感情生活表示关切。

不同的是,这一次,她直白得多。

"你和席豫怎么样了?"

"托你这个狗头军师的福,我们现在才说开,目前还在相互了解。"

"听你这么说,你是在怪我了?这明明是你自己的问题吧。我从来就没见过你这么缺心眼儿的,长个眼睛的都能看出来他喜欢你,就你自己看不出来。"

"话说回来,你对别人的感情生活这么关注干什么?你当自己是恋爱观察员吗?"

"真是狗咬吕洞宾,我可跟你说,席豫可是你遇见过的能喜欢上你的男人里最像样的一个了,你一定要趁他还没想清楚之前赶紧把握住,要不然等他反应过来就完了。"

第十三章 成年人的恋爱

好家伙,都给我气笑了。

我接着打字回她:"不劳您操心了,您还是多想想怎么和您的男朋友百年好合吧。"

"你们一起朝夕相处了五天,现在到什么阶段了?牵过手了,抱过了,亲了,还是说睡了?"

看到陈子仪这条消息,我仿佛被手机烫了一下,气急败坏地回她:"你龌不龌龊呀,天天脑子里想的都是些什么东西?都不知道你怎么打出来这些话的,下流!"

对面的陈子仪好像也无语了,只见"对方正在输入"的字样来回闪现了好几次,她终于发过来一条消息。

"我就知道,人是没有办法和智障交流的。多大的人了,你跟我装什么纯情呢,你敢保证你以后不会和席豫做这些?你也该从学前班进阶到成人恋爱了。"

顺着陈子仪的话,我想象了一下和席豫在一起做这些的画面。单是想到亲吻这一场景,我就已经心虚地把手机甩到了一边。

"吃苹果吗?"我妈拿着切好的一瓣递过来问我,"怎么回事?你脸为什么这么红?"

"没什么,"我心虚地摆摆手,"天气太热了。"

我妈看看室温计,皱着眉头怀疑道:"才二十四摄氏度,

折旧如新

热吗?"

  她又戳戳我爸,问他:"你觉得咱们家热吗?"

  "不热啊,还没入夏呢,热什么热?"

  我拿起手机,逃跑一样回到屋里,临走时撂下一句话。

  "我年轻,火气大。"

第十四章
只有一次的春天

ZHIYOU
YICI DE
CHUNTIAN

折旧如新

到了和齐冀扬约好的那一天，我如约而至，叩响了他家的门。

齐冀扬打开门看见我，表情变得有些僵硬，还带着些难以置信，说："我们不是约好了收拾完以后去吃饭吗？你就准备这么去？"

我从上到下审视了自己一遍，不觉得有哪里不合适："怎么？有什么问题吗？"

显然，我的渔夫帽、T恤衫和运动裤都让齐冀扬觉得大有问题。

"和我们将要吃的那顿饭相比，你不觉得你这一身太过……"他斟酌了一会儿，思考着怎么说才能形容我这身打扮，"太过休闲了吗？"

"所以呢，因为我这身打扮，他们会不让我进去吃饭吗？"

"那倒不至于。"

第十四章　只有一次的春天

"这不就行了。"

我摘下帽子，打量起自己接下来要收拾的包裹。齐冀扬还在盯着我看，让我不由得再次思考起自己的仪容仪表还有哪里不太妥当。

顺着他的目光，我恍然大悟，不好意思地挠挠头说："今天休息日，我起晚了，出门时就没洗头。"

齐冀扬苦笑着说："陈子意，你真是不拿我当外人啊。"

"拜托，我盛装打扮来你家做苦工难道不是更奇怪吗？"

"那为什么我们上一次见面你不是今天这副打扮，你那天甚至还化了妆，我还以为……"

"还以为我是为了见你特意那么做的？齐冀扬，不是我说你，你该改改你过于自恋的毛病了。我那天中午约了人吃饭，所以打扮得正式一些。"

"可你今天不也和我约了吃饭吗？"

"你？"我皱着鼻子摇了摇头，讳莫如深的样子。

"合着你的意思是我不算人，对吧？还是说，那天中午你约的人对你来说非常特别？"

我不接他的话，蹲下来拆包裹，拆着拆着，忽然觉察到空气里好像有什么我不经常接触到的气味。我细嗅了几下，问题不是出在我手里的包裹上。

又嗅了几下后,我的目光锁定在了齐冀扬身上,于是站起来,向他靠近几步,我的动作让齐冀扬感觉到了慌张,他后退了几下,到底是没能躲过我的盘查。

"我说是什么味道这么奇怪,你喷香水了?"我又找了找他身上其他的变化,"还涂了发蜡。"

听到我的话,他整个人都变得有些不自然,干笑着,说:"当然了,我可不像你,我依旧保持吃饭的礼仪和生活的仪式感。"

"随便你了。"我退回原地,继续分类那些包裹,"希望收拾完以后,你还能保持原样。"

齐冀扬租的房子是一套一居室,面积不大,他带的东西也不多,所以很好收拾。到了十二点的时候,整个房子我们已经收拾了个大概。

收拾好后,他叫了车,我们坐上车一起去吃饭的地方。

到了目的地附近后,我才觉得有一丝不对劲。

"你说的吃饭的地方,在学苑路边上?"

"对,转过前面那个红绿灯路口就到了。"

席豫所在的化学研究所离学苑路不远,也就两三个路口的距离,我忽然有了一种不祥的预感。

这种情况下,我只能用"来都来了"这四个字搪塞自己,

第十四章　只有一次的春天

说服自己今天是休息日，席豫不一定会来所里上班。更何况世上的事怎么会那么巧，偏偏让我在今天这种情况下撞见他呢。

谁能想到呢，世上的事就是这么巧。

转过了红绿灯路口，我几乎是面对面地撞上了席豫和他的同事。

这个时间在这个地点碰见我，席豫显然同样惊讶，偏偏齐冀扬见我停下了脚步，还要好死不死地凑上来，问我为什么不走了。

虽然席豫没有明说，但我知道他一定认出了齐冀扬，那一瞬间，我忽然生出了一种脚踩两只船后被人撞破奸情的羞耻感。

天可怜见，我命里竟有此一劫。

只见席豫和他的同事说了几句话，那人点点头先离开，剩下席豫径直地向我走来。

有的人在危机到来的时候会爆发出连自己都意想不到的潜能，而有的人会慌张地丧失行动能力，无能为力地定在原地，显然我属于后者。

在席豫向我逐渐靠近的那几秒里，我的脑袋闪过了很多想法，其中最清晰的一个竟然是这个：早知道这样，今天早上出门的时候就算不换衣服也要洗个头。"

席豫走到我面前时没有看齐冀扬一眼,脸上也没有愠怒的神色,依旧是以平常的口吻和我说话。

"上回给你的薄荷糖吃完了吗?"

"还没有,"我下意识地低着头躲避他的眼神,"还有三颗,我本来打算明天吃的。"

"我一直在等你的电话。"他简单地阐述一个事实,传进我的耳朵里却像是控诉,中间似乎还夹杂着一丝不易发觉的幽怨。

我哑口无言,嘴巴张张合合好几次,也不知道该怎么解释现在这样的情形。

偏偏齐冀扬在这个时候凑了过来,他巧妙地插进了这令人尴尬的间隙,问我:"子意,你不介绍一下吗?"

谁允许你这么叫我了?

我和你很熟吗?!

我向席豫的方向挪出了一步,站在了更靠近他的位置,强颜欢笑道:"这位是齐冀扬,我的初中同学。这位是席豫,就是我之前和你说过的那位。虽然过去很久了,但你们两个之前见过的,就在我家,和我姐一起,我们四个一起看过电影。"

第十四章　只有一次的春天

原本我以为我介绍完之后齐冀扬会明白我的意思，毕竟我暗示得很明显了，席豫就是我之前说过的"那位"。

但齐冀扬的社交能力和眼力见儿都不在我的预判之中，听了我的介绍以后，他反而更加起劲，还和席豫说："我想起来了，我们之前确实是有过一面之缘。我和子意之前就约好了今天一起吃饭，既然正好碰见了，要不我们一起？"

我低着头，目光所及只能看到席豫扣得严丝合缝的纽扣和随着呼吸起伏的胸膛。

可我觉得席豫的目光灼灼，似乎能穿透我，看到我脑海里的所思所想，让我在阳光下无所遁形，变成一种不是通常意味上的赤裸。

"不用了，你们两个去吧。我还有事，就先走了。"

席豫今天穿的还是他在清州市穿过的那双黑色单鞋。

我应该出声挽留他的，应该和他解释的，但在该鼓起勇气的时候，我总是变得怯懦，于是那双黑色单鞋逐渐远离了视线。

陈子意开始在心里厌弃总能搞砸一切的自己。

在平凡又荒唐的陈子意还处在灰心的气氛中时，那双黑色单鞋像是知道了她的所思所想而去而复返了。

"一定要去吗？"席豫问我，"不去不可以吗？"

这时候，我才敢好好去看席豫的脸，直到看清他的脸，才发现我仿佛一夜之间习得了读懂席豫情绪的本领。

他是在不安。

畏惧着离别和失去，但又不够坚定，不知道自己是否有提出要求的资格。

"吃过饭了吗？"我问他。

他点点头，我瞪大了眼睛又问了他一遍，席豫明白了我的意思，又摇摇头。

"你先去路边等我一会儿，我和齐冀扬说几句话，之后我们一起去吃饭。"

"好。"

作为一个成年男子，这时候的席豫温顺得不像话。

事情的发展让齐冀扬觉得不可思议，更觉得不合情理。

我躬身和他抱歉，说："我也没想到，事情突然就变成现在这样了，对不起啦，你今天要一个人吃饭了。"

我用手指戳戳远处的席豫示意给齐冀扬看："你得好好感谢他，他帮你免去了一次大出血。"

齐冀扬没有说话，他瞟了一眼席豫，又转头和我说："你要是今天不方便的话，改天也可以。"

"不用了。"我拒绝得很快，"就直接免了吧。本来就是因

第十四章 只有一次的春天

为我们之前的情分,我才答应帮你搬家的,吃不吃饭都是一样的。而且你也看到了,他不是很乐意。"

"我不想让他觉得不安。"

席豫刚才露出那种表情时,我才发现,看到那样的他,我也会觉得难过。

这种难过和席豫中考失常让母亲伤心的难过不同,是因为我太在乎他所以感同身受的难过。

"我之前喜欢过你的事,他也知道。我和你见面,对他来说估计很难接受。既然我们是朋友,那为了我的幸福,我们以后能少见就少见吧。"我和他开着认真的玩笑,"虽然我老是为了男人流泪,但在男人跟友情面前,我恐怕永远都会优先选择男人。"

"再见啦,齐冀扬。"我挥挥手和他告别,然后转身,大步走向了席豫。

最终我和席豫去了一家卖米线的小馆,他已经吃不下了,就坐在一旁陪着我。

"他喜欢你。"

在我和席豫解释完事情的来龙去脉后,不发一言的他忽然冒出了这么一句话。

我一口米线呛在了嗓子里,放下筷子喝了口水。

"我坦白，我青春期的时候确实幻想过有两个男人因为我大打出手、争风吃醋的戏码，但即使如此，你的这个猜测也很离谱。"

我双手拍拍自己的胸脯，说："我是谁？平平无奇的陈子意。他呢？和我当朋友，仅仅是为了让我帮他和陈子仪牵线搭桥。任谁来看你的这个说法都不合情理吧。"

他没直接回答我，但从表情看，他不像是被说服的样子。于是我接着说："如果你介意的话，我以后不会再见他了。"

"我不是干涉你的社交，只是齐冀扬他……他……"

他卡壳了半天也没能说出个所以然来。

"席豫，"我托着下巴笑着看他，说，"我说没说过，你想在背后说人坏话又说不出来的样子很可爱。"

他皱眉，似是不满意我的说法，说："陈子意，你知道我比你大两岁吧。"

"知道。"

"还有，今天的事……"

"是我的错，我应该提前和你说的，主要是齐冀扬身份特殊，告诉你怕你会多想，我保证，以后不会有这种事发生了。"我抿起嘴煞有其事地点点头，"我绝对不会允许这种事情再次发生！"

第十四章　只有一次的春天

席豫许是自己也不想再提起齐冀扬了，转而说起别的事。

"你戴着帽子吃饭不会不方便吗，要不要摘下来？"

"不用了！"我连忙护住头上的帽子，"挺好的，我不觉得不方便。"

我不打算和他坦白我誓死守护帽子的原因。

"你今天原本打算去吃什么？"他又问我。

我掏出手机，找到店家的页面给他看。

"回头我们一起去吧，我请你。"

"真的？"

得到肯定的答复，我美滋滋地继续吃碗里的米线。

席豫下午还要去研究所，送他去上班的路上，他还不忘再一次提醒我："不论你是否相信，我认为他对你目的不纯。"

"但这说不通啊。"

"人的想法总在变化，以前不喜欢的后来喜欢上了也不是没有可能。最重要的是，你并不平平无奇，被人喜欢是十分合理的一件事。我不知道你什么时候才会看清这一点，但我希望你能知道……"他顿了顿，说，"陈子意，起码对于我来说，你是我人生只有一次的春天。"

我怔住，一瞬间的感动过去后，又随即大笑。

"好土啊，席豫，你真的太土了，我多少年没听过这么土的情话了。"

他涨红了脸，和我较劲："那你说，什么样的情话才不土，你给我示范一个。"

"你这是骗我告白，我不上你的当。"

席豫转身气鼓鼓地走了。

确认他的身影消失在视野里后，我掏出手机，编辑完一条消息，发给了席豫。

"你是我兜里永远不知道何时开奖的彩票券。"

"什么意思？"他回得很快。

"我会永远对你满怀期待、希望、热忱，发誓永不厌倦，祈祷永远拥有。"

这一次，他没有马上回复。

过了十分钟，席豫才回了我一句。

"好土哦。"

这是报复吧。

我心里默默吐槽的空当，又收到了一条来自他的新消息。

"不过确实比我的好上一点儿。"

第十五章
我们嫉妒着对方

WOMEN
JIDU ZHE
DUIFANG

折旧如新

我高中时每天都要机械性地背诵英语短语,其中很多背过就忘了,但有一个我记得很清楚,"日复一日"——day by day。

要是直译理解的话,日子确实是一日又一日,不考虑人的意愿如何,它总是有它自己的秩序。但同样,另一个短语也让我记忆深刻:time flies(时光飞逝)。

当人过得合心顺意时,总会觉得 time flies。

和席豫度过的这段时间,我觉得日子过得飞快。

世界很大,我们生活得旁若无人。

前些天,我爸从农园的朋友那里买了几箱桃子堆在家里,但现在天气转热,桃子又是不好保存的水果,我们一家人围着桃子犯难,讨论着冲动消费下它们的去处。

"子意,要不你今天找个时间,拿一箱给你姐姐送过去吧。"

第十五章　我们嫉妒着对方

我正考虑着抱一箱送到席豫单位让他和同事们分着吃，琢磨着用什么理由应付爸妈时，听见我妈这么说，才反应过来。

啊，我还有个姐姐呢，话说回来，我好久没和陈子仪联系过了。

"她今天好像有录影，家里应该没人。我下班给她送过去吧，反正我也知道她家密码。"我顿了顿，又说，"给她拿两箱吧，让她分给电视台的人，不然留着我们仨也吃不完。"

"一箱不够吗？"我妈没有异议，但还是表示了疑惑。

我撒谎不打草稿，就像小时候偷看电视撞见妈妈回家一把扯下电源一样果断地答："不够吧，毕竟她们电视台有那么多人。"

最后我带了两箱出门，一箱放到了研究所的传达室，给席豫发了消息告诉他去取。而给陈子仪的那箱我又抽出来一些分给了报社的同事，最后调整了一下位置让它看起来还是完整的一箱。

抱着"一整箱"的桃子去陈子仪家时，我确实有些心虚，但一想到陈子仪现在应该不在家，负罪感立马减轻了一些。

熟练地按下密码进门，我放下东西准备转身就走，就听见卧室中传出窸窸窣窣的声响。于是我折返回来，打开主卧的门，看见床上隆起了一个蜷缩起的人形，躺在那里像一座小山丘。

是陈子仪，这个时间点，按理说她不应该出现在这里的。

"陈子仪？"我试探着喊了她一声。

被子里的人动了动，并不应声。

想着她或许是有什么情况，我也不勉强她答我的话，只是说："我从家里给你带了桃子，要是妈问起，你就说我给你带了两箱过来，不要忘了，问你的话一定要说我给你送过来两箱啊。"

陈子仪还是没有动静，我有些不放心，过去扯她的被子，这一扯仿佛触动了某个奇妙开关，陈子仪终于出声了，就像转动了调节音量的旋钮，声音渐强，从沉默无声变成了号啕大哭。

不可一世的陈子仪流眼泪，看着这个场面的我彻底慌了神。

"你怎么了，陈子仪？是发生什么事了吗？"

她没有回答我，我扯扯被子，接着问："听爸妈说，你有半个月没和他们联系了，爸妈都很担心你。"

"他们担心我？我还以为他们只要有你就万事大吉了，没想到他们还会担心我，真是闻所未闻。"

第十五章　我们嫉妒着对方

这样的陈子仪实在令人陌生,我有些错愕,又不解:"陈子仪……"

"别喊我的名字。"她从被子里出来,脸上犹有泪痕,"我讨厌你喊我的名字,讨厌你现在出现在这,更讨厌被你看见我这副样子。"

"陈子意,我讨厌你。"说完这句话,她整个人脱力地瘫坐在床上,仿佛被抽去了灵魂,又好像卸下来什么重担。

"是啊,我讨厌你。"

"为什么?"我问她。

"为什么……"

她重复了一遍我的话,如梦呓一样自问自答般轻声和我说:"可能是因为我在嫉妒吧。"

如果说从我进门开始,事情的发展都可以称之为"莫名其妙"的话,那么陈子仪的这句话简直可以说是"荒诞"了。

陈子仪为什么要嫉妒我?

"从我记事起,生活里就一直有你。小时候,你什么都不用做,只要哭闹,大人都会用'妹妹还小'的理由关注你;懂事以后,你为了获得关心,成天吵闹惹祸,明明手段那么拙劣,爸妈也乐意被你骗过去;终于成人了,你依旧是他们最亲近的女儿,说什么也要把你留在身边才放心。

折旧如新

"陈子意,有时候我觉得你就像个不知道饱腹感为何物,一味地吞食爱和关心的怪物。无论有了多少,你总是觉得不够,永远不知满足。

"我努力地学习各种东西,希望能成为爸妈的骄傲。他们提起我时很开心,和别人聊起你总会抱怨,但即使如此,他们依旧包容你的一切,近乎盲目地爱你。和你一比,我在他们眼里,像是个拿出去好看的装饰品。每次我回到家,爸妈对待我就像对待一个客人,妈可以自然地喊你去厨房帮忙,爸会大声问你电视遥控器放在哪了,但他们和我在一起总是小心翼翼,好像我是他们多年不见的远房亲戚。现在你明白我为什么一毕业就要搬出来了吗?是因为我受够了在那个家里做一个格格不入的局外人。"

从头到尾,我没有反驳她,只是听她继续说完。

"很多时候我都在想,你的过人之处究竟在哪,每天嘻嘻哈哈还没心没肺的,但大家好像就是喜欢你,爸妈也是,席豫也是,还有其他很多人。偏巧你自己还不知道,不知道是真迟钝还是假纯良。"

"哦,对了,我上学的时候咱们学校广播站的站长路鸣,和我一届的那个,他也向我打听过你。"她笑笑,"有生以来,我第一次被有好感的男生当作跳板,更讽刺的是,他喜

第十五章　我们嫉妒着对方

欢的人还是我的妹妹。"

"诸如此类的事有很多，我甚至找不出不讨厌你的理由。"

"你说完了？"我拉过来一把椅子，在她床边坐下，"你要是说完了就该我说了。"

"我不知道你发生了什么事，但在你身上一定发生了什么。我会等，你准备好了再和我说。在那之前，仅仅是为了回应你刚才说的话，我和你讲这些。

"你说你讨厌我，我也讨厌你，陈子仪。

"你说爸妈把你当作用来炫耀的装饰品，所以你的意思是，他们让你学乐器、礼仪、舞蹈，在你身上投入那么多的时间、金钱、精力，为了培养你不遗余力，但是他们就是不爱你。你听了不觉得矛盾吗？你说你觉得我是个怪物，巧了，我觉得你也是。更讨厌的是，你觉得所有的人都应该只关注你，这好像是理所当然又天经地义的。凭什么呢？

"你举了那么多例子佐证你讨厌我是多么正当的一件事，这样的例子我也能举出来很多。

"小时候你练钢琴的时间正好撞上我看动画片的时间，妈为了不让我影响你，让我静音观看。你说得对，我小时候确实用过不少拙劣的手段来博取关注，所以我故意乐在其中，对着默片发出夸张的笑声，因为这个我被骂了好多次。但有

163

折旧如新

一天，我安静得要命，因为我发烧了。可你们没人觉察到，我平时总是大吵大闹，那天却只想忍着，看看你们究竟什么时候能够发现。

"要是能选择，我也不希望和你捆绑在一起。和你相提并论已经够烦了，更不要说因为有你，我的人生难度系数上升了多少个等级。

"还有被当成跳板这件事，我被利用得还少吗？远的不说，就说我初中同学齐冀扬，他和你告白一周前我还傻傻地以为他喜欢我呢，我和你抱怨了吗？

"相信我陈子仪，我绝对比你讨厌我更讨厌你。曾经有一年，我许的生日愿望是希望你能消失，你看，我讨厌你讨厌得不得了。"

我絮絮叨叨说了一大通，都是些当时觉得没什么，事后想起来又觉得委屈的零碎回忆。因为情绪失衡，话说得混乱没有逻辑，我不明白为什么要说这些，更说不清说这些是为了伤害陈子仪，还是为了伤害自己。真正说完这些，冷静下来后，我忽然明白了。

"但你又是我姐姐，我好像生下来就应该爱你，这和讨厌你并不冲突。我讨厌你，但也爱你。"

说到这儿，我停了下来。

第十五章　我们嫉妒着对方

陈子仪无声地沉默着,她像个落魄的公主,坐在被子堆砌的"城堡"上掩面哭泣。

真是奇怪,我和陈子仪共用同一个子宫,一起生活了这么多年,却从来没有真正了解过对方究竟是怎么想的。

我继承了她的折旧品,却没能继承她的意志,洞悉她的想法。

现在的这个场景,着实让人感到心酸的同时又有些好笑。

"陈子仪,咱俩为什么突然在你家开始拍起《小时代》了?"

似乎陈子仪也觉得滑稽,她破涕为笑,随后重新躺下去,渐渐止住了哭泣,情绪也比我刚进门时平稳多了,就是不肯看我。

"确实挺疯的,但我刚才说的话不全是负气,甚至有一大半的真心。"

"陈子意,我今年二十九了,从二十七年前你出生开始就一直在和你比较。其实不光是你,我还要和很多人比较,同龄人,前辈,更不要说电视台新进来的一个比一个漂亮的新人。"

"尤其是最近,我老是觉得在被追赶。被谁追不清楚,要往哪里跑也不知道,要奔跑的理由更不明白。单单是为了不被赶上,我就要拼了命地狂奔。"

"看到你和席豫发展顺利,我很开心,但又变得更加着急,着急到我在慌张里犯了错。和你吵架,说讨厌你也是其中的错事一件。坦白说,你作为妹妹来看的话,还蛮听话,蛮好欺负的。"

到了这时候,陈子仪终于扭过头来正眼看我了。

"陈子意,你和席豫以后结婚生了孩子送我一个吧,我会对他很好的。"

她知道自己在说什么吗?

"现在是二〇二一年了,咱不兴这个了,你要是喜欢孩子自己生一个,你不是有男朋友吗?"

我隐约察觉到她和她男朋友应该发生了什么,但我明知故问,希望她能自己告诉我。

"男朋友是没有了,孩子倒是发现了一个。"

"什么意思?"

"李益阳的妻子找到我们电视台闹了一通,还给我看了他儿子的照片,听说已经上幼儿园大班了。"

李益阳是她男朋友的名字。

"什么时候的事?"消化了这个消息后,我问她。

"半个月前。"

正好是陈子仪突然开始不对劲的时候。

第十五章 我们嫉妒着对方

"他怎么说?"

说到这儿,陈子仪反常地笑出声来。

"他说事情的发生不是他的本意,他妻子那边他会去处理,对于给我造成的伤害,他深感抱歉。最后他还给了我张卡,卡里有三十万。"

"还有呢?"

"还有什么?"

"你怎么做的?"

"我?"她把头埋进了被子里继续当个鸵鸟,"我把卡扔在了他脸上走了,后来我请了一个月假,他把卡寄到了我家里。"

"就这些?"

"就这些。"

我应该大骂陈子仪一通的。

你平时不可一世的劲头呢?你当初怎么言之凿凿说不会后悔?为什么把坏脾气都用在了家里,被人骗了、欺负了反而一言不发,像是做错了什么事?

你不是受害者吗?

但看着这样的陈子仪,我什么都说不出口了。

"他给你的卡呢?"

"在床头柜上。"

"你把它给我吧,我帮你还回去。"

"还回去?"

"对。"我把卡揣进兜里,"还回去。"

离开陈子仪家前,她和我说:"我的事别和爸妈说,告诉他们过几天我就回去,让他们别担心了。"

"你还是先顾好你自己吧,桃子记得吃。"留下最后一句话,我离开了陈子仪的家。

小区门口的路边有等待的出租车,我上了其中一辆。

"师傅,去建材市场。"

第十六章
我们做个交易吧

WOMEN
ZUO GE
JIAOYI BA

折旧如新

把从建材市场买来的红色喷漆塞进包里，我转头就去了李益阳的公司，赶到李益阳公司的时候正好是下午六点。

前台小姐面色和蔼地问我的来意，知道我要见李益阳后，又问我是否提前预约过。

我掏出我的记者证，微笑着说："我是都市报的记者，我们报社正在准备做一个专栏，内容主要是对本市知名企业家的采访，这次过来是想问问李先生有没有时间给我们报社做一篇专访。"

她看了看我的记者证，问我："陈记者是吧？公司高层正在开会，要不然您先去休息室等一下？会议结束应该就能给您一个答复。"

我点点头，随她进入了休息室。

等到休息室只有我一个人的时候，我溜了出来，伪装成这里的员工，找到了会议室。

第十六章　我们做个交易吧

拉开门，打开喷漆盖子，对着李益阳摁下喷头，所有的动作都行云流水，只发生在短短的一分钟内。

如果我把事情只描述到这里，那么这听上去是一个很不错的带有极强个人英雄主义色彩和戏剧性的故事。

但就像我和陈子仪说的那样，现在是二〇二一年，已经不时兴那样的故事了，二〇二一年的我们生活在法治社会。

所以我坐在了派出所里，做了我有生以来第一次笔录。

当民警同志问我动机时，我一口咬定是因为我与李益阳的情感纠纷才让我头脑冲动，犯下了这样的错误。

我讲述了陈子仪的经历，把故事的主人公变成了自己。

李益阳没有戳破我的谎言，但相应地，他也拒不接受调解，似乎执意要把场面闹大。

一时间，他马上变成了一个不顾往日情分，执意要将自己的旧情人送进拘留所的负心汉。

负责我们这件事的民警看我的表情带着不忍，对着李益阳意味深长地说："这件事情归根到底错在你，你们之前好歹在一起过，女同志既然已经诚心道歉保证不再犯了，你作为一个男人，还是大度一点儿吧。"

我顺着办案民警的话，非常流畅地认错："确实是我一时冲动了，就算受到了伤害，我也不能用这么不理智的方法来处理问题，这是法律意识淡薄，法制观念不强的表现。对于给李先生带来的损害，我愿意进行一定金额的赔偿。"

我从兜里掏出了从陈子仪家里带出来的那张卡，推到李益阳面前。

"发生这样的事，实在不是出于我的本意。对于给您造成的伤害，我感到非常抱歉。这张卡里面一共是三十万，希望能够弥补您受到的伤害。"

听到这么大的数目，在场的民警也都吓了一跳。

看着李益阳不虞的脸色，我微笑着鞠躬说："真的真的十分抱歉。"

这场闹剧最终以席豫过来领我回家画上了句点，那张卡也像我向陈子仪承诺的那样，送还到了李益阳的手里。

派出所门口分别时，李益阳脸色不善，席豫挡在了我的身前，隔绝开他看我的视线。我从他背后探出头，对李益阳说：

"找你做专访的事情是假的，但我是报社记者这件事是真的。当然，你的这些桃色新闻还没资格放在我们报纸的版面上，但城市很小，只要有关系网，什么消息想传就能传得到。这件事情对于我们来说也没有多光彩，只要你和你妻子不再纠缠陈子仪，那我们可以当作什么都没有发生过。"

第十六章 我们做个交易吧

"但是……"我话音一转,"如果你们继续纠缠不放,那么即使我不是一个记者,也有办法把这件事情闹得人尽皆知,毕竟托您妻子的福,陈子仪已经在电视台举步维艰了,既然这样,也不能够只有您一个人可以全身而退吧,您说是吗?"

李益阳没有再说什么,转身开车离开了。

席豫依旧站在那里,维持着双手微张把我护在后面的姿态,动也不动。

我晃晃他,说:"怎么,傻啦?人都走啦,不用摆出这样的架势了。"

听了我的话,他才反应过来,收回了手,一言不发转身大步向前走,仿佛我不存在一般。

我小跑着跟上去,追着他说话:"你怎么不理我,你是生气了吗?"

席豫停下来转过身,我反应过来跟着一个急刹,看见他提了一口气,像是想和我说什么的样子,却又忍住了。

他嘴巴抿得很紧,变成了一条缝隙,应该是气坏了,整个人也不看我,只是瞪着空气吵着无言的架。

"我和你道歉,真的。刚才在派出所里和那个浑蛋道歉是形势所迫。但对你道歉,我是百分百地真心。"

"这件事情是我考虑不周到,是我莽撞了,对不起。把你叫过来给我收拾残局,还要让你为我担心。我真的知道错了,以后不会再有这样的事情了。"

我过去拽席豫的袖子,他没有把我甩开,但也没有回应我,依旧没有消气。

于是我又换了一种方法,开始跟他开玩笑想要逗他开心。

"你说你刚才在派出所门口护着我的样子,像不像老母鸡在护着小鸡仔?其实是挺帅气的场面,但刚才你挡在我面前的时候,我只能想到这个。"

他还是不说话。

"席豫!"

我提高音调叫他的名字,他被我突如其来的一声吼吓了一大跳,随即又变得震惊,似乎是不敢相信做错了事情的我居然还有这样的底气和他大声说话。

"我真的知道错了,你就原谅我吧。"我声音软了下来,近乎卑微地讨好。

但席豫同样也不吃色厉内荏这一套。

想了想,我掏出钱包,找到了那两张我和席豫在清州买的彩票券。

这两张彩票券的号码和当期的开奖号码一个数字的边都没沾上,我们两个也没有见到一块的回头钱。

第十六章　我们做个交易吧

但席豫曾经说过,这两张是我可以让他帮我实现愿望的愿望券。

我拿出了一张摆在他面前,说:"席豫,说话。"

他纠结了一会儿,从我手里抽走了彩票,终于开口了。

"你知不知道你今天做的事情很危险,非常冲动并且极其不理智?"

"对不起。"

"他固然可恨,但总归还有其他的办法。况且,不值得因为这样一个人给你的履历抹上污点。"

"我知道。"

"你做这样的事情,只是为了一时意气,如果你做之前真的为叔叔阿姨着想,为陈子仪着想,或者为我着想,你都不会这么冲动。"

"我保证下不为例。"

我三指合拢,诚心诚意地在他面前发誓。席豫还在生气,却也不再说什么了。

送我回家的路上,席豫依旧很沉默。

"席豫,今天的事情别让我爸妈知道,更不要让陈子仪知道,行吗?"

"现在知道后悔了?"

"总归事情已经结束了,没必要让他们再为了我的事操心。"

他从后视镜瞟了我一眼,权当默认了。

"话说回来,你给了我两张彩票券,我今天用了一张,应该还有一次许愿机会吧。"

"其中有一张不是我的吗?你今天已经把唯一一次机会用完了。"

只有一次的愿望,我竟然用在了让席豫开口上面?

"那行,就算我用完了。可你用之前也没说过一张许愿券不能许两个愿望吧。"

"你这是强词夺理。"

"那这样我不就亏大了吗?那么宝贵的一次机会,我竟然用在了这种事情上。"

"也不算亏大了吧,你不是用那张愿望券同样兑换了一次派出所体验之旅吗?"

之前我怎么没有发现,席豫说话已经这么伶牙俐齿了?

真是近朱者赤,近墨者黑。

车里的车载电台正在报时,已经八点整,距离我妈给我的门禁时间已经过去了半个小时。

我提前告诉过她今天会晚点回去,但不出意外的话,再

第十六章 我们做个交易吧

过半个小时如果我还没到家,我的手机就会迎来一波短信和电话的狂轰滥炸。

"到了。"

席豫把我放到家门口的时候,我看了看手机,八点零八分。

还好,时间还很充裕。

无论如何,今天都不能这么和席豫说再见。

"席豫,既然愿望券用光了,那我们做个交易吧。"

"什么交易?"

"权色交易。"

乍听见这个词,席豫有些混乱,趁他还没反应过来,我解开安全带,探过身去吻了他。

靠近的时候,在他的唇舌间,我感受到了夜风的凉意和他呼吸间带出的热气。

小区里所有的蝉都叫嚣起来,我只希望它们叫得再大声一点儿,最好大到能盖过我的心跳声。

我退开和他四目相接:"我用这个来交换做你女朋友的权利。"

"这就是我所说的权色交易。"

黑暗里席豫眼神幽幽地看着我,半晌后他才说话:

"仅代表我个人的意见,我同意这门交易。但是——"他拉长了尾音,迟迟不肯说下半句。

"但是什么?"我着急地追问他。

"权力越大,相应的责任越大。"

他缓缓地解开了安全带,渐渐靠近我,光影流转间,他的脸庞比白日里更加深邃清晰。

"你愿意履行一下女朋友的义务吗?"

真狡猾呀,席豫。

但笨拙的席豫,伶俐的席豫,还有面前这个狡猾的席豫,他们都是他,一个属于我的席豫。

我闭上了眼睛。

第十七章
你有致命的魅力

NI YOU
ZHIMING DE
MEILI

折旧如新

在陈子仪复职的前一天,我带着礼物去了她家。

我去李益阳的公司大闹一场,最后进了一趟派出所的事,席豫还是告诉了她。

"我和她说这件事,不是为了让她承你的情,只是你姐姐作为当事人,有必要知道事情的结果。她或许会觉得宽慰,也有可能会因为你做的事情感到羞愧,还很有可能怪你自作主张。"

说这些话时,席豫又露出了那种狡黠的笑:"但这些都是需要你自己一个人去处理的事情了。有时间的话,和她见一面吧。"

原本去陈子仪家的这一路上,我的心里都非常忐忑,但在真的看见她后,我忽然就平静了下来。

陈子仪同样坐立不安,因为尴尬,她手脚都不知如何摆放,也没再提起那天的事,似乎又恢复了以前不可一世的模

第十七章 你有致命的魅力

样,语气依旧混不吝,又略显生硬地和我前言搭着后语。

这个人,要怎么办才好啊?

我在心里默默叹气。

"知道你不好意思,但你也不用这样,你平常正常说话的语气就已经够恶劣了,保持真我就可以。"

我把礼物放下,从包装袋里拿出来摆到她面前,说:"喏,礼物,为了庆祝你复职,你打开试试看合不合适,不合适的话我再拿去换。"

"又不是什么值得庆祝的事,给我礼物干什么?"她话是这么说,手倒是很诚实地拆开了礼物的包装。

我送给她的是某个奢侈品牌新出的一款黑色圆头浅口的玛丽珍鞋。

看见这双鞋的一瞬间,陈子仪就皱眉了。

"这不是学生穿的吗?你送我这个干吗,多幼稚。"

"你从来不肯穿运动鞋,老买那些贵得要死又不舒服的高跟鞋。这双鞋是平底的,底子又很软,穿上去很舒服,也没有那么学生气。"

她看上去还是不满意。

"你先试试嘛,实在不喜欢,大不了我去退掉。"

陈子仪依言穿上了鞋,在屋子里走了几步,脸上的表情

折旧如新

变得和缓了。

察觉到她表情的变化,我趁机说:"我没说错吧,真的很舒服。"

"就算它很舒服,我录影的时候还是不能穿啊。"

"你又不是一天二十四小时都在闪光灯下生活。陈子仪,怎么从你嘴里听到句好话就这么难呢?"

陈子仪自己也觉得不好意思了,又转到别的话题。

"你为什么想到要给我买鞋子?"

"没什么,就是想让你知道,鞋子这种东西我也可以给你买。不仅如此,我给你买的鞋子,会比不知道哪里冒出来的狗男人买的鞋更好、更舒服。其实不光是我,还有许多人能为你做这种事。"

"陈子意……"

"回头把他送你的那双鞋扔了吧,留着也晦气。"

"不用你说,我早就扔了。"

"干得好。"我难得地夸赞了她一下,"起码这件事之后你好歹多明白了一个道理,骑着白马的不一定是你的命定之人,长得像青蛙的也不一定会因为你的一个吻变成王子。长点心吧,陈子仪。既然有了新鞋,以后就不要走老路了。"

陈子仪不甘示弱地驳斥我:"别以为和席豫谈恋爱以后

第十七章 你有致命的魅力

就拥有教训我的权利了,你之前的那些男人也都很一言难尽好吗?"

"过程不重要,结果才是最重要的。"我不放过每一个嘚瑟的机会,得意扬扬地说,"我陈子仪是有些狗屎运和眼光在身上的。"

"说完了吗?说完了滚吧。"

受够了我人生导师般的态度,陈子仪终于到了极限,要赶我出门。我死死扒着门把手,非要再和她说几句话。

"陈子仪,我送你的这双鞋还挺贵的,你一定要穿啊。"

"知道了,知道了,快走吧你。"

"再过两个月就到我生日了,你明白我什么意思吧?"

她翻了个白眼:"明白了,你话都说成这样了,就差拿个碗儿往我面前伸了。你快走吧,我下午还约了人呢。"

"我还有最后两句话,就最后两句。"我说,"陈子仪,回去以后,不要管别人说什么,也不要在意别人是怎么看待你的,只要你自己知道自己是什么样的人,那就足够了。"

"你不是一直是一个始终如一的人嘛。"

陈子仪看着我,看了得有好一会儿,目光盈盈的,似乎还有点感动。

她想要对我说什么,被我接下来的话打断了。

"始终如一地自我,始终如一地眼高于顶,只要你一直这样,没人会伤害得了你。"

感动转瞬泡汤,陈子仪瞪大双眼盯着我。

"陈子意,我数三个数,在我数完之前立马从我眼前消失。"

我拽着陈子仪的手,阻止她关门,仍不放弃地想和她再说几句话:"别关门,我还有好奇的事情!最后两句了,这次真的是最后两句!我再说两句话就走!"

她把我放在门上的手扒拉开,没好气地说:"有屁快放。"

"你高中的时候,不会真的喜欢过你们广播站站长吧?就是那个叫路鸣的,他真的喜欢过我啊?"

嘭的一声,世界的大门在我眼前合上了。

这个人好逊哦。

当我和席豫见面讲述陈子仪的所作所为时,席豫拍了拍我的头,我以为他是在安慰我,顺势征求他的认同。

"对吧,你也觉得她做得很过分吧?"

"不是,我是在夸奖你。因为我觉得和她相比,你才是把'始终如一'这四个字贯彻得最好的人。"

"此话怎讲?"

"你始终如一地拥有着无形之中能把人气得要死的魅力,

第十七章　你有致命的魅力

天生少根弦，这是你的魅力点，挺好的，继续保持吧。"

"你怎么还替她说话呢？"

"没有替她说话，主要是你的这种魅力，我也曾经深受其害。"

"那你现在就学着沉迷其中吧。"

"你难道不知道吗？我很久之前就已经沉迷其中了。"他补充说，"你这种'致命'的魅力。"

"席豫，"我说，"我觉得你谈恋爱了以后变得不一样了，有点油嘴滑舌的。"

他自然地凑过来喝了一口我的奶茶，说："你有没有考虑过这样一种可能性，那就是我本来就是这样的，只是你之前没有发觉。怎么，你现在发现我露出了本来面目，觉得后悔了？"

"那倒没有，只是觉得新奇，也有些意外，这样的你跟我之前印象里的不太一样。"

"太轻佻了？"

"轻佻倒谈不上，只是觉得你应该更严肃一点儿，更不苟言笑一点儿。"

"只有那样才更像经受过创伤、怀着不可告人的伤痛的人，是吗？"他挑眉问我。

折旧如新

"不不不。"我连忙否认,"你和我讲过你家里的事儿并不影响我对你这个人的判断。实际上你这种反差我还挺开心的,我希望你能开心一点儿,没心没肺一点儿。"

想了想怎么打比方之后,我问他:"咱们两个只差两岁,应该算同时代的人了,大学时候青春校园题材的电影啊,电视剧这些还挺火的,你看过吗?"

"没怎么看过。怎么了?"

"在我看的这些影视作品里面,男女主人公大多都有着不为人知的伤痛或者不可告人的秘密,他们在青春的阴影里相爱相守,撕心裂肺地在一起,然后又分开。这类作品都有一个统称,叫作青春伤痛电影。"

"但是……"我话音一转,"在这些作品里,往往有这样一类配角,他们是用来和主人公作对照的笨蛋情侣,整天傻乎乎的,成绩也不好,万事不过心,每天只是吵吵闹闹。可往往就是这种人在里面能够获得幸福。这种笨蛋情侣存在的意义就是用他们的幸福来映衬出主人公的不幸,把青春伤痛的主题烘托到极致。我想要的就是和你一起做这种平凡的笨蛋情侣。"

"我从来没有想过成为主人公,或许小的时候想过,但是现在,我觉得平凡未尝不是一种祝福。我希望你也变成一个

第十七章　你有致命的魅力

傻傻乎乎、没心没肺的笨蛋，然后和我一起，成为大街上随处可见的平凡情侣，这是我的愿望。"

"陈子意。"他温柔地笑着看我，"我觉得我们已经是你想要的那种笨蛋情侣了。起码现在，我没法违心地说我们两个有着灵光的脑袋。"

"确实。"我承认他的话，"你席豫也不过是有一点儿伤痛和秘密存在的正常男性，也是个平凡的人。再说了，现在谁还没些或多或少的伤痛呢？"

"哦——"他拖了一声长音，说，"出现了，陈子意特有的致命魅力。"

和恋爱后原形毕露的席豫一样，已经把他骗到手的我终于露出了"青面獠牙"，干脆果断地向他的肩上呼过去了一巴掌。

席豫笑着躲开，朝我伸手，说："我想再喝一口你的奶茶。"

我手里的奶茶此刻只剩一点儿了，这一杯我并没有怎么喝，但席豫就像过冬前的仓鼠一样，时不时来一口存进肚子里，等我反应过来的时候，奶茶就只剩这么点儿了。

"刚才买的时候你为什么不要？现在又来喝我的。"

他眨巴眨巴眼："我不是很喜欢，和你喝一杯就够了。"

我拿着杯子在他面前晃晃,说:"你这是不喜欢?"

我摩挲着下巴问他:"席豫,你其实很喜欢甜的东西,对吧?上次的薄荷糖也是。"

席豫好像被人发现了什么羞耻得不得了的怪癖,搔搔头,不好意思地说:"可能吧,但是男生喜欢甜食听上去不是有点奇怪吗?"

"你这种想法本身才奇怪吧?"我站起身,挥挥手示意他跟上来,去了前脚才离开的饮品店,指着菜单和他说,"来,你随便挑,这是女朋友请你的。"

"好大方啊,陈子意。"他调侃我。

"这有什么的,你只要记得一会儿一千多的日料自助餐是你来结账就行了。"我凑在席豫耳边小声跟他说,"送完陈子仪礼物之后,我一夜回到解放前,接下来半个月都要小心做人,除了奶茶这些也请不了你什么别的。"

"那你快乐吗?"他问我,"在她面前耍帅,送给她礼物的那个瞬间,你感觉怎么样?"

"说实话吗?"

他点点头。

我笑得非常肆意:"爽飞了。"

席豫挑好了奶茶,我找出付款码打算结账,收银的机器

第十七章 你有致命的魅力

还没来得及扫描,我的手机就打进来了一个电话。

是齐冀扬。

我摁断了电话,但站在我旁边的席豫还是看见了。

"你接也没关系的,没准他找你有事儿。"

"他找我能有什么正事儿。"我从店员手里接过了奶茶,"快走吧,排号应该快要到我们了。"

我们去的这一家店工作日的时候人也很多,我和席豫在店外的等候区等了二十分钟左右,终于排到了我们前一个号码。

这时候,齐冀扬又打来电话了。

我看看席豫,他点点头,表示他并不介意。犹豫了一下,我还是接起了他的第二通电话,同时按下了外放键。

电话那头是一个陌生的女声:"喂,请问您是陈子意吗?"

我迟疑着说:"是的,请问您是?"

"这里是市二医院,手机的主人因为急性胃炎昏倒了,被送来我们这救助。看他的通话记录,昏倒前最后一通电话是打给您的。您和病人是什么关系?"

"我是他的朋友。"

"病人现在的情况需要亲友监护,您能联系到他的家人吗?"

折旧如新

齐冀扬高中毕业后全家都搬走了,在本市哪还有什么家人,连现在还有联系的熟人估计也只有我一个。

"他的家人都在外地,联系上估计也帮不上忙。"

"这样啊……"对面的人听起来也像是觉得为难,"他现在身边最好还是有人陪护,您方便过来一趟吗?"

此时叫号机叫到了我们的号码,我慌张地看看手机,又看了看席豫,站在道义与情义的岔路口两难。

"你去吧。"席豫说。

"可是……"

"他在这里一个朋友和亲人都没有,昏倒前想到的唯一一个人就是你,作为朋友你也应该去看看。"

"那我们今天这顿饭怎么办?"我举着号码纸问他。

"以后吧。"他顿了顿,用一种连让自己信服都不行的语气和我说,"以后总有机会的吧。"

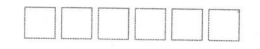

第十八章
我是唯一的观众

折旧如新

齐冀扬生病住院以后,我妈比我还上心,变着花样地熬粥,要我每天下班后给他送过去。

"我这回熬粥的时候加了点煸过的肉末,起锅时还撒了点青菜碎,虽然还是清淡,但没有前几天那么寡淡了,你看着他吃完以后记得把保温壶给我带回来,下次还用呢。"

把保温壶接到手里,我忍不住吐槽:"你这么操心,难怪老得快。这些医院食堂都有得卖,齐冀扬也不是什么贵宾,至于你这么讨好他吗?"

"你说什么呢,怎么我一片好心到你嘴里就变成讨好了?要不是你们初中玩得好,那孩子天天来咱们家,我还不想受这份累呢。"

她不提这件事,我还想不起来:"还说呢?那时候每次他到咱家来,你防他跟防贼似的,我们俩在房间写作业,十分钟你差不多得探头探脑地进来八次,又是送水果又是送牛奶。

第十八章 我是唯一的观众

现在你倒是对人家热情起来了。"

"你那时候十七都不到，我当然会担心你。你看看现在，都二十七了，情况能一样吗？再说了，我对他好，最后他还不是记你的人情。你个小没良心的，为你考虑听不见一句好话就算了，末了还要遭埋怨。"

"别以为我不知道你心里的弯弯绕绕，许秀云女士。"我伸出手指点点她，"我们不是你想的那种关系，简而言之只有两个字答复你，没戏。你要是有这个劲头，不如先去操心操心我姐，这种事怎么也要讲究一个长幼有序吧，老盯着我干吗啊。"

"你姐比你让人放心，她身边好歹还有个席豫在呢。"

我妈这话在我听来着实不太舒服，我皱着眉问她："什么叫好歹还有个席豫在呢，你把人家说成什么了，好像他非陈子仪不可似的，人家看不看得上我姐还两说呢。"

许秀云女士似乎并不相信这世上竟然有人会不识好歹看不上陈子仪，听了我的话，自觉受到了冒犯。

"席豫看不上你姐，难不成他看上了你？"

开玩笑的一句话，误打误撞正中答案。

若是之前我听见她这么说，一定立马火上心头要和她吵上一架。但现在我心里有鬼，反而乱了阵脚，忘了反客为主

193

折旧如新

来指责她偏心,从而使自己占据有利态势,只是说:"你不要转移话题,我们现在聊的,和席豫看不看得上谁没有半点关系。总之,我的意思是,我和齐冀扬没有可能。"

怕她还要好奇问点什么,我接着补充:"是我看不上他,行了吗?走啦。"

总算逃了出来。

齐冀扬是因为大量饮酒引发的急性胃炎,情况比较严重,医生让他在医院里观察几天。

他刚被送来的第一天是休息日,我赶过来陪护了一个下午。之后两三天,我每天下班都会过来探视。

这次我过去的时候,齐冀扬明显好多了,看见我神采飞扬,很是高兴的样子。

我把保温壶放在他面前的便携桌上,说:"这是我妈给你熬的,她说你这几天喝清粥应该喝得嘴里没有滋味了,给你做了瘦肉菜粥,你趁热吃,吃完我把保温壶带回去。"

"麻烦阿姨了,为我忙前忙后的。"

"不忙。"我摆摆手,"我妈退休以后,每天的活动基本就是拿把扇子去人民广场和老头跳舞,我爸一直不太乐意这件事。因为你,她现在也没时间跳舞了,我爸妈的吵架次数都变少了。"

第十八章　我是唯一的观众

"不管怎样,还是替我谢谢阿姨吧。"他笑着说,"也谢谢你,这几天过来陪我聊天。"

"不用这么说,当时没接你的电话,我一直有些过意不去,现在做这些就当是弥补我的过失了。"

"提到这个,我想起来了。我给你打电话的时候你不是正在和男朋友约会吗,你来这儿他没有不开心吗?"

他不说还好,他一提起席豫,我的心情就低沉了下来。

那天分开后,我和席豫就没有见过面了。中间联系过他几次,总觉得他的态度古怪,说话含糊其词,虽然还是有问必答,但到底还是隔了些什么,至于是什么,我说不清。

"他人很好,也很理解。"就像小孩不愿意把自己的宝贝放在人前一样,我不愿意和齐冀扬多聊席豫,只是简单带过。

"但那天我们在街上遇到,他看我的眼神不怎么友好,"他笑着继续说,"像是生怕我会把你抢走一样。"

"不会有那种事发生的。"我接着说,"他也知道,所以他才会放心让我过来,不是吗?"

齐冀扬终于不再讨论席豫了,他打开保温壶尝了一口,和我说:"阿姨手艺还是很好,和初中那时候一样,这粥一尝就知道费了不少工夫。"

"她用砂锅煨的,差不多花了一下午。"

"你越说我越过意不去了,不知道出院以后应该怎么答谢阿姨了。"他自然而然地开着玩笑问我,"干脆我把我自己送给阿姨当女婿吧,你说呢,陈子意?"

空气静默了好一会儿,我有些愕然地看着齐冀扬,齐冀扬同时也观察着我的反应。

"你还没放弃呢?齐冀扬。"我拍了一下他的肩。

"刚见面的时候你口口声声说着当初年纪小不懂事,没想到现在还是对陈子仪贼心不死啊。不过我姐现在确实是空窗期,牵红线这种事,有一就有二,你要是真心实意,我再帮你一次也不是不可以。"

我掏出手机问他:"要我给你她的联系方式吗?"

被我的热情吓退,齐冀扬摇摇头:"不用了,我开玩笑的,你别当真。"

我把手机塞回包里,看见齐冀扬对面床的老大爷的护工拿着水壶出去了,问齐冀扬:"你还有热水吗?"

"还有半壶呢,不着急。"

"没事,反正我闲着也是闲着。"说着,我提起水壶去了开水间。

回来的时候,我把水壶放到他床边,顺便和齐冀扬告别。

"我今天就先走了,我问过护士了,她说你最多还有两天

第十八章 我是唯一的观众

就能出院了。等你出院了我再过来接你,在那之前我就不过来了。"

齐冀扬愣住了,过了一会儿,他问我:"你不再多待一会儿吗?保温壶我还没用完,等我用完你再走也不迟。"

"保温壶你留着吧。我拜托了对面那个大爷的护工,你要是不喜欢医院食堂的饭,可以托他给你从医院外边带进来,这个保温壶正合适。"

他有些慌了,又说:"你要是不来,我怕我一个人应付不了。"

"不是只有两天了吗?你也康复得差不多了,出院那天我会来的。"

"可你要是不来,我在这就没有能说话的人了。"他还在尝试留我。

"齐冀扬,你这是分离焦虑症还是恋母情结?"我和他开玩笑,"我每天跑来跑去真的有点累了,你一个成年人,应该能照顾好自己吧。"

我看着他,认真地说:"我只能做到这儿了。"

出来时太阳落了一半,地面仍带着日间的余温,热气缓缓蒸腾而上包裹住我,驱散了刚才在室内时带上的凉意。站在紫色的丁香花旁,我给席豫打了个电话。

席豫接得不慢，接通后语气依旧温柔："怎么了？"

"没什么，就是想你了。"我掐了一朵紫丁香，揉碎了花瓣，也揉碎了香气，"你现在有时间吗？我想见你一面。"

那头沉默了一会儿，说："今天可能不行，我在忙。"

这个理由，席豫前天已经说过一次了。

我本应该识趣地挂掉电话，但我偏偏不依不饶地继续追问："忙什么？"

"自然科学基金的一个项目正在申报，需要写项目书和做汇报用的PPT。除了这个，我手里还有一个专利要写。"他停了停，又说，"我没有骗你。"

但你在躲我。

我听着他的呼吸，忽然觉得委屈，心里想要和他说开，却终究没有点明，只是说："好，你去忙吧，我们改天再见。"

"好，那我先……"

"我今天来看齐冀扬了。"

我打断他，希望他有什么反应。

但席豫只是说："是吗，他恢复得还好吗？"

"挺好的，差不多再有两天就能出院了。"

"听你这么说确实挺好的。"我听见席豫走动的声音，好像他走到了窗口边，听筒传来风声和蝉鸣声，"子意，我这里

第十八章　我是唯一的观众

有点事,我们今天先聊到这吧。"

我语气平平地说了声"好",赶在他之前挂断了电话。

恋爱原来是这么难的一件事吗?为什么之前我没有察觉到呢?

回家后,我把自己一个人关在屋子里,锁上了门,像是回到了青春期。

房间没有开灯,从我的窗口能看见对面楼亮起了一排排灯光,一个个人影在里面晃动。他们都是属于自己方格里的独幕剧演员,隐没在黑暗里的我是唯一观众。

但我或许身在其中也说不准。

毕竟没有人能真正做到置身事外,在和席豫恋爱后,我忽然明白了这点。

那些我曾经以为不会体会到的患得患失和口是心非,它们一个不落地找上门来,并不给我特别优待。

"你到家了吗?"微信提示音响起,席豫给我发来了消息。

我从床上弹起来,再三确认了一次确实是席豫发来的,心中默念了三个数后,回他:"到家了,怎么了?"

"你从房间的窗口往下看。"

我照他说的做,看见席豫正站在我家楼下冲我挥手。

我冲出房间,边换鞋边朝厨房说:"妈,我出去扔个垃

折旧如新

圾，一会儿就回来。"

我飞快地连跑带跳冲到楼下，在楼门口时，却又站定了几秒，平复好呼吸后才走出来。席豫还站在刚才的位置，手里拿着两支香草味的冰淇淋。

"你不是说你今天很忙，没时间见面吗？"我问他。

"确实很忙，所以我来见你一面，过一会儿还要回去。"

我原本雀跃的心因为他这句话冷却了下来："你要是真的很忙的话，其实不用这么勉强，今天非要过来一趟。"

他不言语，低头拆冰淇淋的包装纸，把拆好后的冰淇淋递给我，说："我过来，是因为有一定要今天和你说的话。"

我没有接过他递过来的冰淇淋，只是说："你说吧，我在听。"

他收回了手，对我说："对不起。"

"我们在一起后，我给自己定义的一直是一个引导者的角色，就是说，我希望自己能比你更成熟、更理智地对待我们之间的关系。单单从我比你多拥有两年的人生阅历来看，我也应该做到这一点。但我忘了，从恋爱经历上看，我并没有多成熟，处理起问题也没有做得有多好。"

席豫呼了一口气，似乎是下了好大的决心和我坦白："碰见你和齐冀扬那次之后，我一直很不安。所以自从那天你去

第十八章　我是唯一的观众

看齐冀扬后，我对你的态度一直都不太对劲，这也是我今天要和你道歉的原因。可在他面前，我实在没法坦然地说我有绝对的自信你一定会选择我。毕竟，他是你自发主动喜欢的第一个人。"

"席豫，不是那样的。"

"你听我说完。"他制止了我，继续说，"我和你说过很多次，希望你相信别人之所以喜欢你是因为你是你。我和你说的时候，其实也在告诉我自己，但我还是不安心，觉得你喜欢我来得太过容易。总有一天，这种喜欢会幻灭，或者我要拿些同等价值的东西换。只有那时候，这种喜欢才能得到确信。"

他说："现在想想，我乘虚而入走了捷径，占了你容易轻信人的便宜，还使了不太光明的小伎俩，我应该感到愧疚。"

从听到席豫说对不起开始，我的心就一直在往下沉，直到现在，我的心沉到了谷底，似乎预感到了席豫要说什么，我问他："所以呢，你后悔了？"

"我不后悔。"他回答我，"再来一次的话，我还是会想方设法让你喜欢上我。我只是抱歉，没能更坦白，更成熟地面对你。"

"我没法放弃你，陈子意。但你是自由的，应该有选择的

折旧如新

权利,不应该被我影响匆匆忙忙地做出决定。"

"我没有匆忙做决定。"我着急地说,"你只是按你的想法来猜测我,我很明白我的心意是怎样的。"

从席豫向我告白后,他不停地告诉我自己是值得被人喜欢的,不停地让我确定他喜欢的其实是我。但现在,面前的席豫让我开始反省,他曾经给予过我的那份安心和确信,我真的好好地反馈给他了吗?

"我真的喜欢你,非常确信地喜欢。就像你说过的,你这么好,喜欢上你是件再正常不过的事了。"

他看我着急辩白的样子,笑了笑,想要说什么,手机却响了。

席豫接起电话,说了几句,挂断后和我说:"所里那边有些事,要我马上过去。对不起,我可能要先走了。等这阵子忙完,我们好好聊聊吧。"

他把手里的冰淇淋递到我手里,我犹豫了一会儿,问他:"在我们有时间聊聊之前的这段时间,我们之间算是什么关系呢?"

席豫看我的表情像是我问了一个小学生才会问的问题:"当然是男女朋友关系啦。"

"可你表达的像是我们暂时分开一阵的意思。"

第十八章　我是唯一的观众

"不分开。"他说得很坚决，也很肯定，"我就是为了能够不分开现在才在这里的。"他定定地看我，"我们有太多事没来得及说清楚了。"

"席豫，我喜欢你，是那种连冰淇淋的坚果粒和巧克力脆筒底都能留给你的喜欢。你为什么不相信呢？"

"我相信你，我只是怕你只是像喜欢冰淇淋一样喜欢我。"他把手放到我的头上，蹲下来和我平视，"我总不能一辈子都像骗小孩儿一样哄着你和我在一起。"

席豫离开后，我吃了第一口早已融化得差不多的冰淇淋。尝起来像加了糖的打发过度的生奶油，有一部分还滴滴答答粘在了我的手上，黏腻又带着凉意。

明明几个月前，我坐在席豫车上时，吃到的还不是这样的。

齐冀扬出院那天，我开着我爸的车去医院接他。

因为席豫的事，我隐约也有些迁怒于齐冀扬，送他回家的路上都没怎么说话。奇怪的是，今天的他同样也没有嬉皮笑脸，车内安静无声，能听见的只有空调的响声。

"到了。"我踩下刹车，把挡位置空，"你的病好不容易好了，这次之后就别折腾了。以后就算是谈项目也别太拼了，要是下次你再因为这种事情被送到医院，给我打电话我也不

折旧如新

会去了。"

"来都来了,你不上去坐坐?收拾好了以后你好像还没来过我家呢。"

"一个单身汉的家有什么好看的,想来想去也就那样吧。"我挥挥手赶他上去,"你病刚好没多久,快回家好好休息吧。"

听了我的话,他还是没有动身的意思,静坐了一会儿以后,他慢吞吞地开口:"陈子意,我有话想要跟你说。"

不寻常的氛围让我预感到他接下来要说什么,我看了他一眼,斟酌着措辞,说:"如果不是什么重要的事,就别说了吧。"

"对我来说是很重要的事。"

"那就更别说了……"

"我喜欢你。"

不听我说完,他就马上开口。说完这句话后,时间摁下了暂停键,我听见自己从灵魂深处重重叹了一口气。

"我说过最好不要说了吧。"

第十九章
被诅咒的约会

BEI ZUZHOU
DE
YUEHUI

折旧如新

我一直相信一个道理：世上没有不受别人评价影响的人，正如这世上没有人能不对别人做出评价。喜欢和不喜欢就是评价最简单的体现。

我很长一段时间都在期待别人的喜欢，多一个人喜欢我，就像是在评价体系里多一个人给了我五星好评，我的整体评分提高，价值也变相得到了证明。

在我二十七岁这年，我的平均分忽然达到了历史最高，但我却因此觉得困惑和恼怒。

说到底，我不是件流通于市场中的商品，被人喜欢也不需要满怀感激。

我是陈子意，席豫的女朋友，但即使没有席豫，我也是属于我自己的非卖品。

齐冀扬的告白非常没有礼貌，让我感觉到了冒犯，似乎连过去对他的好感也因此烟消云散。

第十九章 被诅咒的约会

时隔多年未见,在明知道我有男朋友的前提下,他的告白说得也太过轻佻了吧?

我因为他对陈子仪的喜欢悄无声息地放弃了自己的感情,但他即便知道席豫的存在,向我告白却毫无顾忌。我不理解他的勇气,更不明白他告白的目的。

"我不喜欢你。"这是我对齐冀扬告白的答复。

"真绝情啊,陈子意。"齐冀扬对这个回复毫不意外,似乎早有准备,"我想过你会用其他的借口拒绝我,例如'我已经有男朋友了',可我没想到你会说这句话。"

"不过这才是陈子意,不是吗?"他笑笑,"简单明了的判断标准,像小孩一样直率干脆的说话方式。但凡你用别的话术来拒绝我,我没准都会考虑继续追求下去,但你没给我这个机会。"

"我不明白。"我坦白,"齐冀扬,你的情感走向在我看来太神秘了,比侦探小说还要离奇。你怎么能做到当初喜欢上我姐姐,又在多年重逢后说喜欢我呢?"

"要是我说,我喜欢的一直都是你呢?"

"齐冀扬,这个玩笑一点儿都不好笑。"

"我没开玩笑。"他说,"我知道你不会相信,我自己相信这件事也花了很长时间。"

"被你姐姐拒绝后，我消沉了一段时间。我那时候生活的天地很小，周围的人和事对我都很友好，从来没经受过什么挫折，告白前不知道自己哪里来的自信，觉得你姐姐一定会接受我。但真正告白后，自信心却被打击得渣都不剩。当时我可把自己当回事了，觉得自己没法面对你，也没法面对自己被拒绝的事实。所以中考后我没和你商量就去了别的学校。"

齐冀扬高中择校去了区一中，我直升了本校，我们就是从那时候开始疏远的。

"区一中和我们学校一南一北，隔了很远。奇怪的是，我原以为我要花很长时间来忘记你姐姐，但升学后，我很少想起她，毕竟我们之间也没多少共同的回忆。相反地，我总是想起你，一开始我以为是因为我们在一起的时候过得很开心，所以我老是怀念，从来没想过别的可能性。"

"可后来这些回忆支撑着我度过了很多艰难的时刻，它们就像是我藏在兜里不会过期的棒棒糖，每当我觉得苦的时候就会把它们拿出来尝上一口。其实让我觉得甘甜的不是回忆，是我对你的喜欢。"

齐冀扬在我面前一点一点地剖析自己。我听着他的告白，并没有感受到触动。

第十九章 被诅咒的约会

"但和你一起的回忆对于我来说,是我尝一口就会冒出苦水的黄连。"我说,"它们好像在提醒我,放弃吧,别再自作多情,更别再自讨苦吃。刚知道你喜欢陈子仪的那段时间,我老是会想,明明先对我示好的是你,先认识我的也是你,但最后喜欢上陈子仪的还是你。"

"我也老是会想起你。不同的是,我是用你的事来警醒自己,告诉自己不要再被轻易得到的好意收买,稀里糊涂地奉献真心,直到我碰见席豫。他让我知道我值得被人喜欢,对待别人的好意不需要诚惶诚恐,也不需要琢磨着自己是否匹配,只要坦然接受就好。"

说到这里,我终于能说出这句话了:"现在我知道了,我们很相配,我非常喜欢他。"

"是吗?"他低头笑笑,转头看向窗外,"从你口中听见这句话,真的很难得,你很少这么确定一件事,尤其是自己的感情。"

"我也很惊讶。"我说,"我没想过会在你面前说这些,好像我铆着劲要和你证明什么一样,但我已经不在乎了。"

"齐冀扬,曾经的伤口如今已经长好,我不再感到伤心,也不会对你心怀不满了。

"我只是不喜欢你了,从很久之前开始。"

"陈子意，"齐冀扬问我，"事到如今，我应该祝福你吗？"

"那倒不用。"我回答他，"你只要和我一样挥手作别就好。"

齐冀扬拉开车门，下车后隔着车窗，非常正式地向我挥手。

"再见，陈子意。"

"再见，齐冀扬。"

结束后，我很想找个人聊聊，但却想不起来究竟能和谁说，翻翻通讯录，发现竟然只有陈子仪才勉强合适。

陈子仪接了电话，开口就是："找我什么事？"

"没什么，就是想找你聊聊。"

"你现在应该正在热恋中吧，不找男朋友，反而找我？"她说，"你是发生了什么事吧？从小到大，你只有碰见什么麻烦才会主动联系我。"

"说不上是麻烦，只是有点棘手。"

我把齐冀扬和我告白以及席豫打算和我聊聊的事一五一十告诉了她，陈子仪听了以后只是说："你初中同学那事，我倒一点儿都不意外。你们两个人都是缺心眼的，他比你还严重些，不过现在这些都不重要了。陈子意，你今年可能是命犯桃花煞，回头要不要和我一块去庙里拜拜。"

第十九章 被诅咒的约会

"我打电话过来不是想听你说这些的,齐冀扬不是问题,问题是席豫,我们之后说好了聊聊,但他这些天一直忙,还没告诉我具体时间,我有点不安。"

"为什么要不安?"陈子仪不理解,"是他更喜欢你,也是他先喜欢的你,不是吗?"

陈子仪一直觉得,爱情是一场角力,一段关系里注定有一个人占上风,一个人处于下风。两股势力此消彼长,不是东风压倒西风,就是西风压倒东风,她习惯了去做庄家,把主动权牢牢握在自己手里。

难怪她一栽跟头就栽了个大的。

"有没有人和你说过,你的情感观实在是有些扭曲。"

陈子仪不以为然:"这玩意又没有对错,只是因人而异罢了。"

"不过……"她又说,"如果你真的不知道该怎么面对席豫,试着把自己当成他想想看呢。从某种意义上看,你们其实是很像的人,或许正因为你们很相像,席豫才会喜欢上你。"

我不知道我和席豫究竟哪里相像,但像陈子仪说的,换位思考总是没错的。

"陈子意,我为你的恋情加油。"她终于说了句正常人说的话。

"这次不要先被甩了。"

"喂！"

"要是发现苗头不对，一定要先说分手啊。连着被甩三次，人生的气运都会受影响的，万一被甩着甩着，习惯成自然就不妙了。"

没和陈子仪告别，我先结束了她披着祝福外衣的"诅咒"。

陈子仪上辈子一定是个邪恶女巫吧。

没等我想清楚什么时候联系席豫，席豫先联系了我。

"我们的项目申报完了，经费也批下来了，接下来我应该会有一段时间的空闲。"他说，"你这些天过得还好吗？"

"我过得不太好。"

听见我这样说，席豫显得有些意外："怎么了？"

"你上次说要聊聊后，我一直在想我要和你聊些什么，还担心我会不会把事情搞砸，每一天都像是幼儿园汇报演出的前一天一样担忧。"

席豫失笑，说："对不起。"

"齐冀扬和我告白了，我拒绝了。"

席豫好一阵没说话，然后他问我："你怎么说的？"

"我说我特别喜欢你，还说我们是天上有地下无的最合适的一对，谁都不能把我们分开，我们好像盘古开天辟地以后

第十九章 被诅咒的约会

就应该在一起,女娲造人的时候我们就是作为一对被一起捏出来的。"

电话那头,席豫笑得很开心:"你不是真的这么说的吧。"

"嗯。"我承认了,"我说得夸张了,但意思差不多。"

笑过了以后,席豫说:"陈子意,我很想你。"

"真的?"

"真的。"

"既然你这么说,我可以勉强给你一个和我见面的机会。"我翻了翻日历,说,"我周四晚上没有排班,你下班后要是有空,我们可以那天见面,到时候你方便'聊聊'吗?"

"行,我那天应该也没事,晚上吃饭我们还去那家自助吧,上次没能成行,这次补上。"

我有些犹豫,道:"我不想去那儿了。"

"为什么?"

"我曾经两次打算去那里,每次都碰不上好事,我觉得那里和我不合适,好像我每次打算去那,都要发生什么不好的事情。"

"一个科学工作者首先应该是个唯物主义者,我仅代表我个人反对你的观点,陈子意,封建迷信不可取。"

"我知道。"

"不出意外的话，我六点半下班，我们七点在那见面吧。"

"好。"我答应下来。

我们见面那天从早上开始，一切都平静得出奇。

我们报社早早地把报纸排好版交给了印刷厂，同组的人一边摸鱼一边感叹着日子也太无聊了，每天写些鸡零狗碎凑版面，翻来覆去都是那些，根本没有新鲜事可写。

"子意，你今天怎么打扮得这么好看，是要去约会吗？"

"这么明显吗？"我摆弄着身上淡绿色的桔梗长裙，笑着说，"我今天要和男朋友见面。"

"真好啊，你今天不用值班。"我工位旁的同事哀号着，"最重要的是，你还有男朋友可见。我就算不值班，也找不到可见的人。"

我看看手机，差两分就到六点整，提起我的手袋，说："再见了同志们，我下班了，明天见。"

"还有两分钟呢，你这是早退。"

"等我走到打卡机那里正好就是六点整，严格说算不上早退。"

"你这女人，竟然该死的机智。"

我笑着又说了一遍再见。

一路上我心情都很好，经过一家咖啡店，我还进去买了

第十九章　被诅咒的约会

两杯咖啡。

一切都很完美，我的衣着得体，妆容得宜，时间也非常宽裕，要是我面前有一架摄影机的话，拍出来的场景就是一部都市丽人的恋爱纪录片的成片。

所有都有条不紊，直到同事给我打电话。

他们是知道我今天有约会的，没有要紧的事情不会在下班后还联系我，看到来电，我有了不好的预感，看样子今天和席豫的见面要被耽搁了。

我的名字不是都市丽人，而是打工人。

我认命般地接起电话，听见今天值班的同事在电话里急吼吼地喊："子意，出大事了，化学研究所发生了爆炸，事故原因还不明确，你赶快过去确认一下情况，确认一下有无人员伤亡，最好有确切的数字。摄影组那边的人也已经赶过去了，我们今天的报纸要紧急召回，不知道还来不来得及。子意，你在听吗？！子意！"

我大脑似金钟被人狠敲一记，心神都在轰然作响，急促不绝的耳鸣声又出现了。

"爆炸发生的具体地点在研究所的哪儿？"我听见自己的声音问。

"听现场的知情人说，好像是3号楼某一个存放实验材料的房间。"

席豫的实验室就在3号楼。

刹那间,所有声响一齐消失不见。

第二十章
主人公的世界线

ZHURENGONG
DE
SHIJIEXIAN

折旧如新

我几乎是冲到马路中央拦下了一辆出租车。

"师傅,去化学研究所!"

出租车司机看我拦车的样子像是撞了鬼,从车窗里探出头,张口就要骂人,但听见我要去哪之后,转而手向后探拉开了后座车门。

"上车!"

一路上出租车开得飞快,司机不断从后视镜里打量我,几次欲言又止。我无暇理睬,只是一遍又一遍拨打席豫的电话号码。

"接电话啊,席豫,求你了,快接电话!"

无论我怎么祈祷,多少次发起通话,电话那头回复我的永远只有一串长长的忙音。

与此同时,车里的电台正在播报消息。

"下午六时零五分,本市化学研究所发生一起爆炸事故,

第二十章　主人公的世界线

受此次事故影响,学苑路段、杏园路段等附近道路都有不同程度的拥堵,请司机朋友们注意避让……"

电台被司机关上了,车内一时鸦雀无声。

"姑娘别担心,没事的。"司机安慰我。

"师傅,我没事,您把电台开着吧,我想听……"我强装镇静,全然没有发现自己声音打着战,"拜托您开得再快点,越快越好。"

离研究所还有五十米的时候车辆已经挤不进去了,研究所附近有围观的群众、救援的消防车队和疏散出来的人群,他们把研究所附近围得水泄不通。

"师傅,您就送我到这儿吧,接下来我自己过去!"

我从钱包里拿了一张百元钞放在座位上,急急忙忙拉开车门,想要下车,上身却先于脚跌了下去。

我的腿没了力气,整个人摔下了车,我下意识地用手肘缓冲,关节处和地面直接摩擦,我闻到了泥沙和血液混杂在一起的腥气。

司机慌张地问我有没有事,我摆摆手示意自己没事,但其实我现在伤口发疼,眼睛发胀,这辈子没有这么委屈害怕过。

现在不能哭,我没有理由哭,我不会哭。

我站起身,不顾一切地向研究所奔过去。

到处都是人,人浪几乎要埋住了我,我掏出了随身携带的记者证,周围的人为我打开了一条狭窄的通道。

我边走边大声喊着席豫的名字。

"席豫!你在哪?!"

"席豫!席豫!"

"你听见我说话就答应一声,席豫!"

太小了,我的声音太小了。

现场混乱嘈杂,我的身体和我的呼喊像是石子入海,掀不起一丝波澜。我坚持叫着席豫的名字,直到声音沙哑,精疲力竭。

没有人回应我,也没有人知道席豫。

我明明身在陆地,却感觉有一股力量拖着我不断下沉,好像在冷眼旁观我的溺亡。

席豫,你在哪呢?

有人拉住了我。

我麻木地想抽回手继续往前走,那个人叫出了我的名字。

"陈子意。"

我回头看,席豫穿着实验袍,满身狼狈。

不过三个字,我重回人间。

第二十章 主人公的世界线

我扑到了席豫怀里,号啕大哭。

席豫拉着我远离了事故现场,我们俩蹲坐在人行道和马路分界处的台阶上。见到席豫平安无事,我已经平静多了,只是刚刚大哭了一场,胸口起伏剧烈,还在抽抽搭搭地打着哭嗝。

"你……你……怎么……怎么出来的?没……没事吗?"说着话,我打了个哭嗝。

席豫轻拍着我的后背,说:"你别说话了,听我说吧。"

"事故发生的时候,我刚走出研究所。"他不好意思地挠了挠头,"我打算提早下班,在去找你的路上给你买一束花,没想到刚出门就发生了这样的事。"

我吸吸鼻子,问:"那你为什么……为什么不接我电话?"

"你给我打电话了吗?"他掏出手机,看到未接来电后,带着歉意说,"化学药品引发的爆炸事故如果处理不好就会有二次爆炸,我画了楼内的简单地图,告诉救援人员实验室的设备和药品都有哪些、放在了哪里,现场太乱了,没能听见你的电话,对不起。"

我没有说话,席豫小心地看我,试探着问:"生气了?"

"我怎么能不生气?你知道我有多担心吗?!"情绪一上来,我刚止住的眼泪又流了出来。

折旧如新

"我打电话打了十几通都没人接,我把最坏的情况想了无数次,出了事你不是应该第一时间给周围人报个平安吗?!你多大了,席豫,不知道大家会担心你吗?!"

"我错了。"席豫安慰我,"我现在就发个朋友圈报平安,你别哭了。"

"不是朋友圈的事!"

"我知道,我知道。"他把我抱在怀里,"你看,我现在不是没事嘛。幸好爆炸的那层平时没有人走动,现在暑假,研究生也不在,没什么人受伤,这也算不幸中的万幸了。陈子意,你是我的福星也说不准,要不是你,我可能现在就被困在楼里。"

"福星你个头。"我拿他的衬衫擦了擦眼泪鼻涕,"你倒是想得开。"

之后的时间里,我们俩的电话一刻都没有安静下来过。打给席豫的来关心他人是否安全,打给我的则是工作电话,问我现场情况如何,要我回去赶稿。

我站起来拍拍身上的尘土,原本春意盎然的桔梗裙此时一片狼藉,不用照镜子也知道妆花得差不多了,简直糟糕透顶。

席豫这时候竟然还笑得出来,他问我:"我们还去吃

第二十章　主人公的世界线

饭吗？"

"吃你个大头鬼。"我恶狠狠地说，"我之后要向物价局举报，告到那个邪门地方倒闭。"

最后我回到报社加班，席豫留在现场处理后事，顺便给我提供第一手内部消息。

离开前，我交给了席豫一封信，信放在手袋里，但它跟着我四处奔波，早已被揉得皱皱巴巴。

明明我当初挑了好久信封信纸，费尽心思找了上面有小雏菊花样的样式。

"这是什么，你揉成团的废纸？"

"情书！Love letter！你没听过吗？原本打算吃饭的时候给你的，没想到突然发生这种事。"

他把情书舒展开，在腿上压平褶皱，看着席豫这个样子，我叫他的名字，还坐在马路牙子上的席豫因此抬起头看我。

"陈子仪说，我不能再被甩了，要是连着被甩了三次，可能人生都会变得不幸。所以啊……"我弯下身，抓着他的衣领迫近，声调逐渐阴沉，"你要是先说分手，我会考虑杀掉你。"

在席豫唇上啄吻一下，我潇洒离开。

折旧如新

席豫:

你好啊！我给你写这封信的时候，你在干吗呢？

我猜你应该是在忙吧，毕竟你已经"忙"了快一周了。

但你在忙碌之余，总应该有时间想起我吧。或许想到我的时候，你会变得忧心忡忡，又或者更严重，变成一个为爱哭泣的傻瓜。

开玩笑的，这样的场景实在和你的人设相差甚远，我只要想想就会头皮发麻。

有时候我真的很羡慕你，不是所有人都有你这样的运气，能够在小小年纪就认定命中注定的爱人，并且和她一起长大。最重要的是，她喜欢你，你喜欢她。

真的很难不承认你的眼光。

看到这里的时候，你一定在笑吧。如果你笑了的话，证明你也承认这一点。

前段日子我们相处得不太顺利，我打电话给陈子仪，她告诉我要学会换位思考，还说我们其实是很像的人，但我当时没找到我们的共同之处。

我有时会想，我们其实生活在一个游戏世界里，

第二十章　主人公的世界线

这个世界里，一类人是主人公，一类是除主人公以外的 NPC（非玩家控制角色）。这个世界的世界观和所有的一切都为主人公服务，包括 NPC。我以前无法和你亲近，是因为我总觉得你和陈子仪一样，是世界的主人公，而作为 NPC 的我有我自己应该有的使命。

后来我才知道，你同样觉得自己是被抛下的 NPC，而我却是你游戏世界里的主人公。我们的版本很长时间内不能兼容，作为 NPC 的我和你与作为主人公的我和你始终无法相遇发展出故事线。

但你告诉了我关于世界的另一个秘密。

世界其实拥有着以人数为计量单位的无数条世界线，在自己的世界线里，我们都是独一无二的主人公。

NPC 抑或是主人公，完全取决于你从哪条世界线来看待自己。

很长一段时间，我被困在了属于陈子仪的世界线里，忽然有一天，你告诉我，我是属于你的那条线的主人公，于是我从无意识里醒来，就像童话《睡美人》里写的一样，停滞的时间开始流动，城堡里的一切恢复了生机，村庄迎来了幸福祥和。

折旧如新

　　写到这里，连我自己也觉得异想天开，怕你看见了嘲笑我白日做梦。但我知道，你不会这么做的。

　　因为你是我世界线中唯一的男主人公。

　　在护城河边遇见你，就像我考试里碰见一道不会做的选择题，随便选了一个，最后却稀里糊涂蒙对了正确答案一样不可思议，我现在想起来还会觉得感激。

　　陈子仪说我拥有了很多而不自知，我现在能够承认她说的是对的，我不知不觉中获得了许多，它们有的藏在我身边，有的埋伏在半路准备给我一个惊喜。至于你，应该两种情况兼而有之。

　　我不会为我拥有的这些感到惶恐，因为我足够与之相配，我希望你也像我这样想，对我们曾经共度以及将要共度的时间感到庆幸，同时心安理得。

　　席豫，我早就已经长大了，或许还有成长空间，但远比你想象的成熟多了，你也没有你自己想的那么稳重自持，还有很长的路要走。

　　但不要怕，只要我们一起牵着手，世界的一切神秘都会在我们眼前变得清晰见底。

　　爱你！

来送自异世界的陈子意

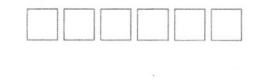

第二十一章
仅属于我的新物

JIN SHUYU
WO DE
XINWU

折旧如新

无论我是热恋还是失恋,我们家里的门禁时间永不变,而无论别人对二十多岁还和父母一起住的我有什么看法,我爸我妈永远都有自己的想法。

和席豫的恋爱正式上了轨道以后,我越来越感觉到和父母一起住的不便,自己独立出去的事再一次被我提上了日程,但每次和他们二老谈起这件事,他们都会无情拒绝。

"我自己现在有点积蓄了,平时也会写点东西赚些外快,照现在这种情况,够我在我们报社附近租个不错的一居室了。"

"那也没有家里地儿大啊。"

"可家里也不是我一个人住啊。"

"怎么,嫌弃我们俩占地儿?你还想住多大的房子啊?"

"不是这个意思。"我觉得沟通不了,"我就是想搬出去自己住。"

第二十一章　仅属于我的新物

"等你结婚吧,到时候你搬出去我留都不留你,还会敲锣打鼓欢天喜地把你这尊大佛请出去。"

许秀云女士直接这么做了总结。

当我和陈子仪聊这件事时,她根本不能和我共情。

"从小到大他们过度保护你已经成习惯了,你是他们的棉背心,就算是夏天热得要命也得穿在身上,不到必要关头不会脱下来。"

"没你说的那么夸张吧,照你这么说,你还是他们的貂皮大衣呢,一年穿不了几次,天天藏在衣柜里宝贝着,成天只盯着我一个折磨。"

"行了,再说下去又要吵起来了。"

"那你倒是给个建议啊。"

"陈子意,你又不是小学生了,想做什么事还要和爸爸妈妈说一声,征求同意吗?只是搬出去自己住而已,想做就去做呗,他们也拦不住你。"

"我怕他们多想,心里难过。"

"你这么说的话,那我成什么了?"陈子仪在电话那头嚷嚷,"你总有一天要搬出去住的,他们也不能保护你一辈子。好了,不说了,我去工作了,你自己做决定吧。"说完,陈子仪挂了电话。

折旧如新

她说的确实没错，我有我自己的生活要过，搬出去只是或早或晚的问题。

怕继续纠缠下去这个议题又会像几年前一样不了了之，我偷偷去看了房，签了租房合同、交了定金之后才和爸妈说，他们虽然气恼，却也无可奈何。

我租了一个一居室，是开发不久的楼盘，卧房光照极佳，外面还带一个小阳台，可以种些花花草草。本来我之前一直在犹豫，看见阳台后立马敲定了这间房。

搬家前一天晚上，我妈站在我旁边看我收拾，说要帮忙，却只有嘴在动。

"你这么多东西，自己一个人能搬动吗？明天我和你爸开车送你吧。"

"不用，我叫了搬家公司。"

"你一个女孩子和车队一块儿多不安全。"

"没事，我叫了人和我一起。"

"谁啊？"她问我。

我神秘地笑笑："明天你就知道了。"

晚上睡觉的时候，我妈过来敲我的门，手里还拿着枕头。

"今天和我一起睡吧。"

她还没征求我的同意，就自顾自躺在了我身边，我自己

第二十一章 仅属于我的新物

一个人睡已经成了习惯,她突然这样,我还有点不适应,嘴里嘟嘟囔囔地嗔怪。

她听了还不乐意了,说:"你没上小学前,每天晚上都抱着枕头来敲我们房间的门,吵着要和我一起睡,现在倒是和我矫情上了。"

"我当时也不是想和你一起睡,只是不想和我姐一起睡而已。"我狡辩道,"她睡觉说梦话。"

"别胡说八道了,她才不说梦话呢,倒是你,睡觉的时候能打一套武术,一晚上没有安生的时候。"

"正好,那你快回去吧,我怕我控制不好伤到你。"我赶她走。

她翻了个身,也不走,黑暗里摸摸索索握住了我的手,像小时候一样,跟我说:"睡吧,我在这儿呢。"

那只手摸起来的感觉和记忆里一样,潮湿、温热却又有力,只是比之前干瘦了一点儿。

我收紧了手,意外地一夜好眠。

第二天搬家,我们一家三口清点我的东西,等着搬家公司上门。

"好家伙,洗衣液你都要从家里带走一瓶,敌人进村扫荡差不多也就你这样了。"我爸边清点边问我,"不是说你找了

折旧如新

个人帮忙吗,他什么时候到?"

"路上堵车,他说他马上就要到了。"

"谁啊?昨天问你神神秘秘地不肯说。"我妈问我。

"我男朋友。"

"什么?!"

听见我这么说,他们二老都愣了。

"多大?叫什么?干什么的?家里都有谁啊?"

他们提出一连串问题追问我的时候,熟悉的车出现在视野里,席豫下车关门,走到我们面前。

"叔叔阿姨好,我过来帮子意搬家。"

接下来的时间里,我爸妈的嘴巴都没合上过,而席豫跟个上了发条的玩具小人一样,不停地鞠躬,嘴上不住说着不好意思。

搬家公司来了,我拉着席豫上车,说:"大家都是老熟人了,各自的情况彼此也知根知底,不用特意介绍了吧。今天情况特殊,改天有时间我再把大家聚到一起见个面。"

然后我挥挥手,扬长而去。

"说真的,我爸我妈刚才那个表情,我能记一辈子,太精彩了。"我盘腿坐在新家的地板上,一边收拾东西一边回味刚才的场面。

第二十一章　仅属于我的新物

"我之前应该提前登门拜访一下叔叔阿姨,这样他们也不至于这么意外。"

"估计这几天他们就要联系你了。"

"我打算明天就去,反正今天他们已经知道了,干脆一鼓作气。"

"我看你不是想要一鼓作气,只是想趁他们还没准备好,打他们一个措手不及吧。"

席豫笑着,算是默认了。

我用手指点点他,说:"我就知道,席豫,你有时候满脑子都是坏主意。"

"我也和我妈说我们的事了。"他又说。

"啊?!"这回换我慌张了,"阿姨什么反应。"

"她很开心,毕竟是看着你从小长大的,一直都挺喜欢你,就是有一个问题。"

"什么问题?"我急忙问他。

"她之前一直以为我和陈子仪是一对儿,知道我和你在一起后才敢偷偷告诉我,她之前其实一直都有点怕陈子仪,还因为这个担心过未来的婆媳关系。"

我笑着附和:"确实,很少有人不害怕陈子仪。"

"我还和她聊了很久其他的事情,她答应我了,过几天就和我爸去办离婚。"

"席豫……"我有些意外。

"我劝了她很久才说动她,她一直有顾忌,怕父母离婚这件事传出去会对我有不好的影响。但我还是希望她能为自己活一次,哪怕从现在开始。其实我早该这么做了,但我一直装聋作哑,以为不闻不问,痛苦就不存在。对我妈来说,我好像一直都不是个好儿子。"

"席豫,这不是你的错。"

"明天见面,我打算和叔叔阿姨说这件事,坦白所有的一切。既然我们决定了好好交往,我不想有所隐瞒,毕竟他们迟早都要知道。"

我同意席豫的说法,知道他这么做需要下多大的决心,但又不能不担心。

"你和你爸爸的关系……怎么样了?"我问。

"我很少和他联系,很久之前,他在家里就像个透明人了。但据我所知,那个男孩和他也没见过几次面。怎么说呢,在我和那个男孩之间,他选择了做我的爸爸。"

他用了"那个男孩"这个词,并没有承认他是自己的弟弟。

"我知道他对我妈有亏欠,但我没法把他从我生命里完全

第二十一章　仅属于我的新物

抹去，也做不到完全无视他，我也不喜欢这样的自己。"

他说这句话的时候，之前那种熟悉的自暴自弃又出现了。

我放下手里的东西，坐到席豫身边，紧挨着他，希望这样能多少传达给他一些力量。

"我不知道这种时候应该说什么才能安慰到你。作为旁观者，我也没有权利告诉你应该怎么做才是正确的。但我能保证，无论你做了什么样的选择，我都会陪在你身边，和你说'做得好，席豫'。"

很多事情注定是笔烂账，但我不愿意席豫每时每刻都背负着这些活着。他在需要承担的时候做出选择，其余的时间只需要尽力快乐。

但说完了以后，我自己都觉得，相对于席豫经历的，我能做到的有些单薄："这么做非常不足，对吧？"

"足够了。"他说，"那样就充分足够了。"

我的租房合同签的是一年。在这间房子里，我按照我的心意改变了房间的布局，用布艺做了软隔断，把它打造成一个专属于我的空间。一开始看中的小阳台，原本打算在那儿种些常见的花花草草，后来不知不觉就变成了我家的菜园。

我和席豫在家吃烤肉的时候，中途还会顺手去那儿拔一把生菜，他还建议我种一排大葱，被我制止了这个"邪恶"

折旧如新

的想法。

一年后,我从这个房间搬走了。

房主过来收房的时候还在尝试挽留我:"你要是继续租的话,我可以给你减一些房租,毕竟现在碰到一个合得来的房客也不容易。"

我把钥匙交给他,摇摇头:"不必了,谢谢您的好意,我还是打算搬去新家了。"

"怎么突然就要搬了,在这儿住得不好吗?"

"不啊,在这儿住得很开心,您也很照顾我,只是我有一些个人原因。"

"我要结婚了。"

我和席豫凑齐了自己所有的积蓄,在我们两人上班折中处买了一套房,那里交通方便,周围基础设施也还算健全。

装修的时候,席豫的工作正忙,再加上他虽然外表看上去人模人样,但对房子的装修品位却实在不敢恭维,所以基本上都是我在设计。

大致的风格基调定下来之后,除了必要的家电以外,就剩一些软装家具。

我们家的厨房和餐厅是相连的,餐厅也不大,如果放上一张普通规格的餐桌,整个空间都被占满了,显得非常局促。

第二十一章　仅属于我的新物

但如果只是放个装饰用的小圆桌，我又觉得餐厅失去了它的意义。

所以其他家具都被敲定下来的时候，只有这个餐桌让我苦恼了很久，我找了很多网站，也没有淘到一张合适的。

后来听了同事的建议，我去二手网站上看了看，终于发现了一张合我心意的原木餐桌。餐桌配有四把椅子，椅子的形状是三角形的曲线，和桌子的边缘相契合，所以平常正常摆放的时候占不了多少空间，看上去也有设计感。

和卖家聊的时候，他说这是他当初特意去木工厂定做的，所以也算得上是独一无二。我看了看他发过来的照片，能看出来桌子有折旧的痕迹，但大体保存得还比较完好。

我拿着照片去问席豫的意见时，他却不太乐意。

"好歹是我们两个的第一个新家，家具里却有一件别人用过的旧物，怎么想怎么不合适。"

"这有什么的？你相信我的手艺，等到时候寄过来，我给它刷一层木漆，然后再稍加打磨，保证和新的一样。"

"我主要是考虑你，你不是不喜欢二手的东西吗？之前你就一直抱怨，从小到大用的一直都是陈子仪用剩下的，一直想要属于自己的新物。"

"但我现在想法变了，有些东西一开始看上去可能是折旧

折旧如新

品,但只要完完全全属于我,那它就是我独一无二的新物。"

我看着席豫,他听了我的话,好像很困惑。这个傻子根本不知道我正在说的是他自己,只是看了看照片,说:"你先不要轻举妄动,我再帮你找找看有没有类似的。"

又过了几日,席豫那边依旧没有动静,我打算不再等他,直接上网站下订单,付款前决定还是和他说了一声。

他给我发来了一张图片,图片里是一堆木头,周围还有满地的木屑,背影处能看到一些乌漆麻黑的机器。

"我找了很久都找不到差不多的,想起你上次说的话,受到了启发,拿着照片去了木工厂定做,他们已经开始做了,差不多半个月之后就会送到家里。"

我问了价格,比起直接买二手的差不多贵了一倍。

"我后来想想,还是想要送你一个自始至终完整属于你的东西。

"陈子意,以后不要再感到委屈了。"

席豫这么和我说。

但他从来不知道而我也未曾告诉过他的是,这样的东西,我早就已经有一件了。

准确来说是一个人。

我从陈子仪那里继承了许多折旧品。

第二十一章　仅属于我的新物

但世上有许多新物。

最后还是被我给找到了一件。

就像席豫说的那样,自始至终又完完整整地属于我。

（正文完）

番外

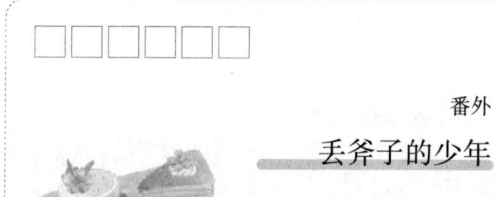

丢斧子的少年

DIU FUZI
DE
SHAONIAN

折旧如新

初三重新分班后,齐冀扬第一次对陈子意有印象,是因为她姐姐。

朋友指着陈子意,说:"看见那个女生了吗?她就是陈子仪的妹妹。"

大家都这么称呼她,陈子仪的妹妹,好像陈子意没有自己的名字。有时候齐冀扬甚至怀疑,会不会有一天陈子意也会忘了自己的名字,只记得自己是陈子仪的妹妹。

但陈子意自己貌似并不在意。

齐冀扬把她定义为平凡但好相处的"什么都可以"的女生,这类女生不常发表意见,相貌和说话方式没有攻击性、对所有人几乎有求必应。

齐冀扬想,有一个那么受人瞩目的姐姐,陈子意或许能做的只有变成一个"什么都可以"的女生。

请她帮忙的时候,陈子意也是这样,明明不情愿,但还

番外　丢斧子的少年

是说了可以。

齐冀扬不忍欺骗这样的陈子意，他能承诺自己对她没有谎言，但他同时也不是对她毫无隐瞒。

早在初三的时候，齐冀扬就知道了陈子意当时的心意。

他没有想到陈子意这么容易被他人的好意收买，而且一点儿也不知道伪装，即使是最迟钝的人都能看出来的事，她却觉得自己隐藏得很好。

陈子意的喜欢确实让齐冀扬有些自得，但于他而言也没有多少必要，就像是他钥匙串上的装饰扣，有或许不错，但没有也不会有什么影响。

陈子仪不一样，第一次去陈子意家时，齐冀扬见到她的第一眼，就觉得这个人会是他人生最重要的一把钥匙，金光闪闪且意义非比寻常，他一定要把她挂在自己人生的钥匙串上。

他不小心利用了陈子意。

和陈子意坦白的那天，他看着慌张失神的陈子意，内心不忍，不知怎么，他还有些隐约的期待：没准这一次，陈子意不会再说"可以"了，但她还是像他们刚开始认识时那样说了"好"。

于是齐冀扬继续按照自己的步调前进，告白—被拒绝—

折旧如新

升学—高考,最后离开这里,他的生活并没有因为这段初中时的小插曲发生任何偏离。

只有一件事,或者应该说是一句话一直让齐冀扬很在意。

陈子仪拒绝他时,皱着眉盯着齐冀扬,像是看傻子一样看他,说:"你真不愧是陈子意的朋友,各有各的傻法,她不知道有谁喜欢自己,你正好相反。"

齐冀扬当时没能理解陈子仪的话,只当是她拒绝自己的另一种说辞。

直到很久后的某一天,他终于意识到,自己回忆起陈子意的次数已经能够称之为"频繁"。他下意识地对应着回想关于陈子仪的一切,却发现自己一点儿都想不起来了,好像大脑精确地做了分类处理,只留下了有关陈子意的那部分。

他记得陈子意喜欢用荧光笔做笔记,即便是数学书,她也有办法给它画得五颜六色,每次借她的书看,就像打开了幼儿园小朋友的画画本。

他还记得陈子意学习很认真,不擅长的理科也很努力地学习,她能把老师强调过的所有物理定律背得滚瓜烂熟,却做不好最简单的受力分析。

还有,陈子意吃东西毛病很多,讨厌胡萝卜,不吃葱姜蒜,对芒果过敏,但喜欢甜食。有段时间她迷上了桂圆干,一天能吃一大包，因为这个上课时突然流鼻血，把老师吓了一大跳。

还有很多很多。

他和陈子意是笨蛋的两种对称写法，陈子意看不出有谁喜欢自己，而齐冀扬却是不明白自己到底喜欢谁。

领导说要外派组员时，齐冀扬主动报名了，他想没准这是个机会，但他悔悟得太迟，来得太晚。

陈子意的身边有了席豫，在席豫身边，陈子意过得很快乐。

她对齐冀扬这个朋友依旧慷慨，在他搬家时，在他生病时，陈子意依旧是那个"什么都可以"的女生，她好像一点儿都没变。

但当齐冀扬向她索要爱情时，陈子意却不肯了，她寸步不让。

齐冀扬接受这样的结果。

如果不是突然有了外派的机会，齐冀扬或许根本不会回来挽回陈子意。他曾经有很多机会，比如他当初可以不拜托陈子意为他和陈子仪搭桥，比如他可以选择和陈子意留在同一所高中，比如他们甚至可以留在同一所城市。他没有为陈子意妥协过一次，就像他说的那样，拥有陈子意的喜欢固然可喜，但失去了，齐冀扬会悲伤却不会惋惜。

其实齐冀扬还隐瞒了一件事。

那个秋日的下午，他拜托陈子意牵线的那一天，他们分别后，齐冀扬回过学校一次。

他轻车熟路地骗了门卫，回到学校去找陈子意，齐冀扬把自己的这种行为解释为于心不忍，他反悔了，不想要陈子意帮他的忙了。

他想见面后把一切都和陈子意说开，告诉她不要动不动就答应别人的请求，不论那个请求究竟有多么合情合理；而陈子意可以不只作为陈子仪的妹妹活着，如果下次再碰见像自己这样提类似要求的人，无须忍气吞声，大可以一把骂回去。

齐冀扬在校园里找了半天都没有看见陈子意的踪影，他找了又找，最后看见席豫和陈子意在一起，陈子意手里还举着个冰淇淋。

在陈子意向他这个方向看过来时，他下意识地躲在了银杏树后面。

很久很久之前，一个砍柴的少年在河里不慎丢失了自己的铁斧头。他的哭声惊动了河神，河神相继为他捞上了金斧头和银斧头，少年说都不是自己的斧头。最后，河神打捞起

番外　丢斧子的少年

了真正属于少年的铁斧头,为了奖励他的诚实,还把金斧头和银斧头一起送给了他。

少年回到村里讲述自己的奇遇,同村的另一个少年听说了少年的故事,故意把自己的铁斧头丢进了河里,想要召唤河神获得一把金斧头。河神识破了他的谎言,于是,第二个少年连自己的铁斧头也失去了。

齐冀扬小时候听这个寓言故事时,觉得第二个少年太过愚蠢,没承想有一天,自己会变成同样的人。

他曾经拥有过一把铁斧头,他觉得它暗淡无光,平平无奇,满心想着要用它换来一把金斧头。

他以为不说谎言便能称得上诚实,假装自己没有欺瞒任何人。

但他从一开始就错了,他对自己说了谎。

自始至终,他想要的只不过是最开始属于自己的那把铁斧头。

齐冀扬把它弄丢了。

于是他只能和第二个少年一样,为自己真的丢了斧头在河边哭泣。

外派很快结束了,离开时,齐冀扬给陈子意发了短信。陈子意没来送他,只是回了消息,祝他一路顺风。

齐冀扬反复斟酌着字句，打了一长段话，他想谢谢陈子意的祝福，想和陈子意好好地、郑重地道别，他还想说很多很多话，但最后删删减减，发现能说的只有一句"谢谢"。

他还能说什么呢？

丢斧头的少年最终还是要离开河边的。

（全文完）

后记

一开始，我写这个故事的初衷很简单，就是想写一个不会给人带来负担，能够轻松去看的故事。写的过程也没有抱什么期待，更没想过它会被签约成实体书籍，如今看来，像一场意外之喜。

作者笔下的人物或多或少会有作者本身的自我映射，敏锐的人从文字就能窥见文字背后的人的影子，所以表达的同时也会有暴露自我的风险，起码我是这么想的。我不能说陈子意这个人身上没有提炼出来的我的一部分自我，但她确实区别于我，是独立存在的，我由衷相信她在世界上某个角落生活着。

每个人的人生经历都是私密独有的，但总会微妙地有一些共同点。或许许多人都一样，因为比较和被比较而感到不快乐，觉得平凡的自己不会有美好际遇，稍一被爱就会诚惶诚恐。

折旧如新

在世界上，我们对自己最苛刻，也最挑剔。

但如果跳开自己的视角，置身事外地审视自己，或许我们就能明白自己是一个多么不错的人，和自己艳羡的人一样闪闪发亮，并不暗淡。

陈子意曾经也是许多人中的其中一个，她不是因为真实地感受到了被爱才圆满，而是明白自己作为世界的主人公，有选择爱与被爱的权利，决定好好爱自己。

就像陈子意写给席豫的信里说的那样，世界其实拥有着以人数为计量单位的无数条世界线，在自己的世界线里，我们都是独一无二的主人公。既然都成了主人公，那我们已经经历或者将要经历的注定是不凡的故事。

一个故事要有想要表达的东西才不至于空泛，但在我看来，在那之前，最重要的是故事本身是否有趣。就像我之前写到的，我最初只是想写一个轻松又不会给人负担的故事，如果看到这儿的你，在阅读这个故事的过程中获得了哪怕一点点趣味或安慰，那都将成为我的小小荣光。

淮山养胃

图书在版编目（CIP）数据

折旧如新 / 淮山养胃著. -- 南京：江苏凤凰文艺
出版社, 2024. 10. -- ISBN 978-7-5594-8917-3

I.I247.5

中国国家版本馆CIP数据核字第2024TZ8120号

折旧如新

淮山养胃 著

责任编辑	白　涵
策划编辑	姜　舟
特约编辑	姜　舟
封面设计	普遍善良
责任印制	杨　丹
出版发行	江苏凤凰文艺出版社
	南京市中央路165号，邮编：210009
网　址	http://www.jswenyi.com
印　刷	大厂回族自治县德诚印务有限公司
开　本	880毫米×1230毫米 1/32
印　张	8
字　数	137千字
版　次	2024年10月第1版
印　次	2024年10月第1次印刷
标准书号	ISBN 978-7-5594-8917-3
定　价	49.80元

江苏凤凰文艺版图书凡印刷、装订错误，可向出版社调换，联系电话 025-83280257